Vykortstavlan
En kriminalgåta

AF191952

Per-Martin Hedström

Vykortstavlan
En kriminalgåta

Tidigare utgivna böcker:

En norrlänning i Hong Kong 2015

Omslag: Björn och Olle Hedström
Förlag: BoD – Books on Demand, Stockholm, Sverige
Tryck: BoD – Books on Demand, Norderstedt, Tyskland
ISBN: 978-91-7699-536-5

Författarens tack och kommentarer

Jag vill tacka min älskade Mia för hennes hårda arbete med korrekturläsning samt hennes inspiration och kloka kommentarer som gjort denna bok så mycket bättre. Dessutom vill jag tacka hela min familj, Mia, Björn och Olle, för deras uppmuntran och oreserverade stöd.

Till sist vill jag påpeka att detta är en roman. Även om vissa geografiska orter finns i verkligheten så är platser, byggnader och miljöer i närheten av dessa orter bara mitt eget påhitt.

Alla personer är sprungna ur min egen fantasi och även om jag lånat vissa egenskaper från människor jag känner finns inga likheter med verkliga personer.

Jag ger inget sken av att beskriva polisens arbete baserat på fakta utan deras arbetssätt i denna bok är hämtat från alla detektivromaner jag läst och mina egna funderingar.

Sportintresserade kommer även att notera att jag tilldelat Norrköping större sportsliga framgångar än de hittills uppnått när boken ges ut.

Men det är denna frihet som gör det så spännande att skriva. Att kunna blanda fakta, erfarenheter och egna fantasier precis hur som helst.

Jag önskar dig en trevlig läsestund.

1

Fredbergsgatan
Måndag vecka 1

Det här skulle bli en jobbig dag. Bror hade vaknat redan på småtimmarna med en inte obetydlig oro och lite smått i magen. Han hade till och från somnat om och vaknat ett antal gånger. Nu när klockan ringde var han allt annat än utsövd. Men ytterligare två eller tre snooze på väckarklockan skulle han hinna med, utan att missa sitt möte.

Nu på måndag morgon skulle Bror besöka Medella och Mark Johnston för en intervju kring det uppdrag han hade hos företaget. Det första mötet med Mark hade inte varit lyckat, han hade varit direkt avvisande, ja till och med fientlig. Men utmaningar är till för att övervinnas tänkte Bror och struntade i de planerade snoozarna. Han gick upp, tog en lång dusch och planerade för en ordentlig frukost i lugn och ro.

Bror hade nyligen flyttat in en liten bostadsrättslägenhet på Fredbergsgatan i Majorna, centralt i Göteborg. Han hade under studietiden bott ihop med Sara, en flicka han träffat på Chalmers. Men Sara hade träffat en annan, lägenheten var hennes så det hade bara varit att flytta ut. Efter ett antal månader tillbaka i sitt pojkrum hemma hos föräldrarna hade han så hittat en liten två i Majorna. Ett arv efter farfar hade möjliggjort inköpet.

Lägenheten låg i ett gammalt Landshövdingehus byggt 1938. Den var nyrenoverad, men man hade behållit den ursprungliga byggnadsstilen. Det var högt i tak och originaldetaljer som takrosetter, lister, innerdörrar, gjutjärnsradiatorer och serveringsskåp var bevarade. Kök och badrum var nyrenoverade och i toppskick. En liten balkong vid köket erbjöd kvällssol och en trevlig utsikt. Det fanns till och med en vindsvåning som kunde köpas loss och inredas. Men det fick vänta till senare, just nu fanns vare sig ork eller pengar för ett sådant projekt.

Bror hade tre år tidigare tagit examen som både civilingenjör och civilekonom. Utbildningen hade tagit honom åtta år att slutföra. Dubbla examen och ett antal resttentor hade tvingat fram fler år än han räknat med för att nå examen. Han hade inte tillhört de smartaste, men heller inte haft speciellt svårt för sig. Det var mer en fråga om bristande disciplin och motivation som orsakat de extra åren. Men det var han inte ensam om, det var få som klarade av utbildningen som planerat.

Direkt efter examen hade han fått arbete på konsultföretaget Kindblom & Torning, där han nu i tre år fått arbeta som delprojektledare under mer erfarna konsulter. Han hade hunnit med att arbeta med sju olika projekt ute hos ett antal kunder, både små, medelstora och riktig stora företag. Bror trivdes betydligt bättre ute hos de mindre företagen där projekten inte var lika omfattande och inte berörde så många. Han hade hunnit med införande av ett antal ekonomisystem, logistiksystem samt ett produktionsplaneringssystem. Han hade även vikarierat som ekonomichef hos ett företag. Så hade han då efter tre år fått sitt första egna projekt som huvudprojektledare ute hos Medella.

Efter en bra frukost tillsammans med Göteborgsposten på surfplattan så var det dags att samla mod och åka ut till företaget och mötet med Mark Johnston. Att vara omtyckt på sin arbetsplats var väl något alla strävade efter. Som konsult var detta om möjligt ännu viktigare. Fungerade man inte hos uppdragsgivaren fanns ju risken att man blev utbytt och i värsta fall kunde hans företag tappa uppdraget. Att han skulle ställas inför en sådan utmaning på sitt första egna uppdrag var ju inget han sett fram emot.

Medella hade sitt kontor ute i Högsbo på Hulda Lindgrens gata. Man hade två våningsplan i ett kontorshus där hela huvudkontoret var samlat. Man hade även verksamhet med egna kontor i ett antal länder i Europa. Från Fredbergsgatan var det bara drygt 300 meter till spårvagnshållplatsen vid Majvallen. Spårvagn nummer 11 mot Saltholmen skulle efter ett spårvagnsbyte och sedan ett byte till buss ta Bror till Medella. Resan skulle ta cirka 35 minuter och han var ute i god tid.

Det var en ovanligt varm höst. Temperaturen låg fortfarande en bit över tio grader och det var faktiskt lika varmt ute nu i oktober som under sommaren om varit ovanligt kall. Trots temperaturen märkte man ändå att det var höst. Det luktade höst, luften var lite kylig och fuktig. Trots värmen var det många som tagit fram sina höst- och vinterkläder och var mer påpälsade än vad som var nödvändigt.

Vanligtvis lyssnade Bror gärna på böcker när han åkte spårvagn eller buss. Lyssnarböcker med duktiga uppläsare var något han uppskattade. Det blev ett stort antal under året. Dessutom läste han flitigt, så ofta hade han två böcker på gång samtidigt, en lyssnarbok och en e-bok.

Men idag fanns inte sinnesro att lyssna på den bok som han hade i sin smartphone. Tankarna kretsade kring det kommande mötet med Mark. Varför hade han varit så fientlig? Berodde det på Bror själv eller på något annat? Oavsett så måste han hitta en lösning på den relationen. Han hoppades att det kommande mötet på tumanhand skulle möjliggöra en bättre dialog. Det tidigare tillfället hade ju varit ett stort möte tillsammans med vd och alla andra säljare. Det var lite synd att mötet med Mark hade blivit det första enskilda, det kanske hade varit enklare att fått börja med någon av kollegorna. Men nu var det som det var.

Hans mamma hade varit chef i många år och var Brors stora förebild. Hon hade under sin karriär hamnat i ett antal situationer liknande den han nu stod inför och alltid vänt dessa till en bra och god relation. Bror hade ringt hem kvällen innan och berättat om sitt nya uppdrag och frågat om råd. Tänk vilken fördel att

9

kunna få det stödet från sina föräldrar. Mamma hade dock inget konkret att hjälpa till med, hon visste inte alltid själv vad hon gjort som varit så framgångsrikt i hennes karriär. Att lyssna, bekräfta och vara ödmjuk var de råd han fick.

Bror kom fram till Medella tjugo minuter för tidigt och bestämde sig för en kort promenad innan han gick upp till kontoret. Ett ganska tråkigt område med idel företag, uppbyggda under åttio- och nittiotalet. Många parkeringsplatser, det var uppenbart att de flesta använde bil till jobbet.

Han förstod inte riktigt varför han var så nervös, uppdraget hade han ju fått av företagets styrelse och det var ju bara Mark som var direkt avogt inställd. Men av någon anledning kändes det inte bra.

Väl framme vid receptionen frågade han efter Mark. Receptionisten, en glad och pigg tjej, bad honom sätta sig ner och vänta medan hon sökte Mark. Efter några minuter kom hon tillbaka och berättade att Mark inte kommit in till kontoret ännu. Han brukade dock vara inne tidigt så han skulle nog dyka upp snart.

Efter ytterligare en stund kom hon återigen fram och berättade att han fortfarande inte dykt upp och att man inte kunde nå honom på telefon. Man hade även sökt honom i hemmet men där var det ingen som svarade.

Vad skulle han göra nu? Övriga försäljare var inbokade senare under veckan och han hade ju förstått att möjligheten att hitta en ledig tid med kort varsel inte skulle vara lätt. Han skulle prata med kundsupport också, men det var inplanerat till efter intervjuerna med säljarna. Kanske kunde han få någon där att ställa upp på kort varsel.

Efter att ha frågat om receptionisten kunde hitta någon på kundsupport för ett möte satte han sig åter ner och väntade.

Precis när han satt sig ner kommer Fredrik Hylle, företagets vd in.

"Hej, har du börjat med dina intervjuer än?" frågade Fredrik.

"Jag hade bokat in Mark idag men han har inte kommit in till

10

kontoret än."

"Så du fick den besvärligaste först i intervjuserien. Men oroa dig inte han är jättebra när han väl tinar upp. Det blir inga problem, det lovar jag."

Receptionisten kom tillbaka och hade bokat in ett möte med Karin Haglin som arbetade på kundsupport.

"Hon har tid just nu men blir upptagen efter lunch." Hon berättade även att Mark varit på en tjänsteresa i Oslo förra veckan.

"Dyker han upp får du höra av dig så bryter jag mötet med Karin."

"Inga problem, här kommer hon."

Karin visade sig vara en glad och öppen tjej några år yngre än Bror. Ljust hår uppsatt i en hästsvans, stora blå ögon och som det verkade en alltid leende mun. Man blev glad bara av att träffa henne.

Hon hade arbetat i tre år på företaget och trivdes bra. På kundsupport tog man emot beställningar, la upp nya kunder i ekonomisystem och leveranssystem samt besvarade frågor som kom in via telefon, e-post eller webb. Dessutom hjälpte man säljarna med bokningar av både resor och hotell.

Precis som Bror befarat hade man ingen bra kontroll på potentiella kunder utan dessa hanterades enbart av säljarna. När en ny dök upp var det alltid helt nya uppgifter. Att säljarna ens bearbetat denna kund kände man oftast inte till. Befintliga kunder hade man dock kontroll på, där kom ju hela tiden nya och kompletterande beställningar. Men även där var det ofta så att större affärer visade sig först när den var en order. Återigen hölls sådana bearbetningar för sig inom säljskrået. Det var uppenbart att om en säljare hastigt slutade så skulle det vara ett stort avbräck avseende pågående potentiella affärer.

Det visade sig att de flesta säljare ofta var på resande fot och besökte och bearbetade sina respektive marknader. Karin berättade att hon hjälpte alla säljare med sina bokningar men hon var ny på uppdraget. Mark hade redan bokat in sina kommande resor, så hon hade ingen aning om vilka som var inplanerade för hans del. Företaget hade inga ramavtal avseende resor utan de bokades in på olika webbsidor där man hittade bästa pris och debiterades direkt mot säljarnas kreditkort.

"Så det finns ingen möjlighet att kontrollera vilken bokning Mark gjort för sin resa till Oslo och när han skulle komma hem?"

"Nej inte utan hans privata inloggning på webbsidan där han bokat resan, och den har vi inte. Troligtvis har han åkt egen bil till Norge, men hotell borde vara inbokade."

Karin gick igenom de system de arbetade i och visade hur nya kunder lades upp och hur order bokades in. Bägge systemen var välkända standardsystem på marknaden så en framtida sammankoppling med ett kunddatasystem skulle inte vara något problem.

Precis innan lunch dök receptionisten upp på nytt.

"Vi har inga nyheter om Mark, vi har pratat med en av våra större kunder i Norge men de har inte hört något från Mark och vi får fortfarande inte svar hemma hos honom."

Bror kunde ana en begynnande oro hos receptionisten. Karin la till att Mark alltid brukade hålla sina tider och informerade om sina möten samt när han skulle återkomma till kontoret. Även hon lät en aning orolig.

"Vill du följa med på lunch? mina kollegor har redan gått iväg, så kommer du inte med får jag äta ensam", säger Karin.

"Mycket trevligt, jag förmodar att du vet var man hittar en bra restaurang."

"Vi går till kinakrogen tvärs över gatan, de har bra mat och buffé så man kan välja både vad och hur mycket man vill äta."

Det var uppenbart att man gått iväg på lunch lite sent för restaurangen började tömmas på folk. I och för sig trevligt då kunde man sitta och prata i lugn och ro.

"Vad tror du har hänt Mark, varför har han inte hört av sig?" undrade Bror.

"Kan vi inte prata om något annat, berätta lite om dig själv", sa Karin och log uppfordrande.

"Bara om du lovar att avbryta när det blir tråkigt" sa Bror och började berätta.

12

Bror berättade att han var uppväxt i en villa i Partille med mamma, pappa och en tre år yngre lillasyster. Bägge föräldrarna arbetade på Ericsson på Lindholmen, pappa som projektledare och mamma som avdelningschef. Lillasyster utbildade sig till psykolog vid Göteborgs Universitet och bodde fortfarande hemma. Familjen var mycket musikintresserad och alla spelade olika instrument. Själv spelade han elgitarr och var i sin ungdom med i ett hårdrocksband.

"Hårdrockband", säger Karin och avbröt med ett skratt. "Du ser inte ut som en hårdrockare."

"Vänta bara tills du bläddrar i mina fotoalbum."

"Det kanske skulle vara roligt", säger Karin och ler lite reserverat.

Bror blev besviken, det kändes som om han hade haft en dejt på gång. Efter uppbrottet från Sara hade han inte träffat några flickor alls. Kände sig lite luttrad på det området och ville inte bli sviken igen.

"Ikväll är det bowling med mat, vill du hänga med?", sa Karin. "Vi brukar träffas en gång i månaden och göra något roligt och äta en bit. Kan du, så får du ju träffa de flesta på kontoret också. Dessutom kommer Madelene som jobbade med säljarna tidigare. Hon slutade för två veckor sedan så jag har precis tagit över efter henne som säljsekreterare. Hon kan säkert berätta lite mer om hur de hanterar sina reserutiner och bokningar."

"Javisst gärna, jag har inget inplanerat ikväll så det passar utmärkt."

Väl tillbaka på kontoret berättade Karin att det fanns en ledig kontorsplats på kundsupport som Bror kunde använda framöver. Jens, en kollega till Karin, kunde fixa till en ledig dator och tillgång till företagets datasystem redan under eftermiddagen.

Även om Jens var duktig tog det alltid en stund att få igång en ny dator, få ett eget användarnamn och rätt behörighet till företagets system. Fram emot tvåtiden var datorn igång och Jens gav Bror en snabb introduktion.

13

"Vad trevligt, har du redan fått en egen arbetsplats. Det var snabbt marscherat" säger Fredrik som återigen kom förbi i korridoren. "Har du hört något från Mark?" frågade han lite öppet åt alla i närheten. "Nej inga nyheter."

Bror satte sig ner och började strukturera lite mappar och mallar för sitt projekt. Det inplanerade mötet med Mark blev ju en besvikelse men Karin var trevlig och bowling med gänget på kvällen såg han fram emot.

Några timmar senare hade han en struktur klar för sin dator och han kände att han inte kom vidare så han lämnade lite tidigt för att åka hem och byta inför bowlingkvällen. Han hade klätt upp sig i kostym inför sitt möte och den klädseln passade ju inte till kvällsaktiviteten.

På vägen hem snurrade tankarna kring den första dagen men även kring uppstarten av projektet tre veckor tidigare.

2

Kindblom & Torning
Tre veckor tidigare

Bror hade precis suttit med på avslutsmötet för införande av nytt logistiksystem på Transklan AB. Ett roligt projekt som genomförts betydligt snabbare än beräknat. Kunden hade varit mycket nöjd och på Kindblom & Torning var man om möjligt ännu nöjdare då uppdraget varit ett fastprisuppdrag som nu avslutades med mycket bra resultat.

En prestationsbonus om 20 000 kronor delades ut till alla som deltagit i projektet. Roligt även om vissa sura miner hördes från kollegor som inte fått några extra pengar.

Det här var sjunde projektet som Bror deltagit i och han kände att det snart var dags för att få ta ett större ansvar än de delprojektroller han haft fram till dags datum.

Lite slutdokumentation återstod. Nu började det bli spännande, vilket nytt uppdrag skulle Bror få. Det var alltid lika pirrigt. Bror kände sig väldigt sugen på ett projektledaruppdrag.

Birger Kindblom, en av delägarna, kom förbi och bad Bror följa med in på hans kontor. Väl inne på kontoret satte de sig i Birgers soffgrupp och Bror såg att Birger inte riktigt visste hur han skulle formulera sig, vilket kändes knepigt. Men efter några harklingar och hummande kom han så igång.

"Jag har fått en förfrågan om ett uppdrag som är lite udda. Inget konstigt egentligen men sättet det beställts på är lite speciellt varför det kommer att krävas ett stort mått av finkänslighet. Jag tänkte du skulle få det uppdraget", säger Birger.

"Roligt, men vad är det som är speciellt?" svarade Bror med en fundersam och lite frågande min.

"Det är styrelsen som beställt uppdraget och vd:n är inte informerad än. Vilket du får hålla med om är speciellt. Det känns som om det finns någon form av misstroende. Vi ska träffa styrelsen redan om en timme, här på kontoret."

"Ska jag förbereda något?"

"Nej det behövs inte, berätta bara om de uppdrag du varit med om, jag är övertygad om att de kommer gilla dig som projektledare."

"Tusen tack för förtroendet, det här ska bli spännande."

Det visade sig vara tre från styrelsen till företaget, som hette Medella, som dök upp. Agneta Fredin var styrelseordförande tillika delägare och Birgers gode vän. Magnus Ek och Johan Gunnarsson var ytterligare två delägare. Tillsammans ägde dessa tre 80 % av företaget.

Agneta utstrålande en tydlig pondus. Det här var en kvinna som bestämde och som inte tålde att bli motsagd. I alla fall kändes det så. Magnus och Johan var mycket mer försiktiga och framstod mer som assistenter än likvärdiga delägare i bolaget. Agneta var tydligen ingen vän av småsnack utan gick rakt på sak.

"Vi upplever att något skumt pågår på företaget, och vi litar inte fullt ut på ledningen. Vi vill ha in en extern konsult som kan hjälpa oss få ordning på vissa delar av verksamheten. Samt på samma gång spionera, kan man väl säga. Därför har vi vänt oss till er."

"Nu ska vi nog lugna ner oss en aning", säger Magnus irriterat. "Vi behöver få hjälp med att få ordning på vissa rutiner, det håller jag med om. Att det skulle pågå något skumt har vi ingen aning om."

"Jag håller inte med", säger Agneta och det var uppenbart att ägartrojkan inte var helt överens. Det uppstod en liten

16

besvärande tystnad.

"Jag känner mig hedrad men tror ni inte att ni behöver någon med större erfarenhet om ni misstänker fult spel", avbröt Bror tystnaden.

"Nej, du får ursäkta, men vi tror att just din ringa erfarenhet gör att du inte upplevs som farlig, om det nu är någon som fifflar. Så vi har specifikt begärt att få en konsult som har huvudet på skaft men som inte upplevs som ett hot inom företaget. Hoppas du inte misstycker?"

"Nej inte alls, om min begränsade erfarenhet ger mig intressanta uppdrag så inte mig emot. Men ni får gärna berätta mer."

"Sedan två år tillbaka har företaget visat ett allt sämre resultat, framförallt i England. Vår vd fick i uppdrag att reda ut detta vilket resulterade i att förre platschefen avskedades och man tog in en ny chef i England. Men resultatförsämringen fortsätter. Vår vd vill avvakta och ge den nya organisationen mer tid men vi vill inte vänta mycket mer. Vi vill att du för in ett kunddatasystem för företaget och att du förhoppningsvis under detta projekt kan identifiera vårt eventuella problem. Om det finns några."

Magnus var uppenbart inte nöjd med det sätt Agneta beskrivit situationen men han bet ihop och höll tyst. Helt klart hade man diskuterat detta tidigare i styrelsen ett antal gånger.

"Vi kommer att informera vår vd som sedan får kalla till ett uppstartsmöte med er. Några funderingar?" avslutar Agneta.

Efter några kompletterande frågor förstod Bror att det handlade om två uppdrag. Man skulle föra in ett kunddatasystem, vilket var ett reellt behov oavsett fiffel eller inte. Under införandet hoppades man även kunna reda ut om något skumt pågick. Systemet behövdes för att hålla ordning på företagets potentiella kunder och de försäljningsaktiviteter som pågick. Något som idag helt låg i händerna på säljarna.

Birger tackade för förtroendet och styrelsen lovade höra av sig när man var redo för ett första möte.

Efter några dagar kom så kallelsen till ett uppstartsmöte i projektet som skulle hållas på Medella. Från Kindblom & Torning skulle Birger och Bror delta.

Fredrik Hylle, vd på Medella, hälsade alla välkomna och man såg tydligt att många var undrande inför vad sorts möte detta var. Från Medella deltog alla säljare samt chefen för kundsupporten, Ingrid Svedin.

Projektet presenterades som ett initiativ från företagets styrelse och vd. Fredrik gjorde ett bra anförande även om Bror tyckte sig se att han kände sig överkörd av sin styrelse, vilket han ju också var. Bror ombads komma fram och presenterade sin tidplan samt sina projektaktiviteter.

"Vad i helvete är detta för något, har ni inget förtroende för oss som säljare" utbrister Mark. Han var mycket upprörd, steg upp och lämnade rummet samt slängde igen dörren efter sig. Stämningen blev en aning tryckt och Fredrik utlyste en kaffepaus för att bryta dödläget.

Fredrik sprang efter Mark och man kunde ana en animerad diskussion inne på hans rum. Efter några minuter kom bägge ut och verkade ha slutit fred, eller i alla fall accepterat situationen.

Mark bad om ursäkt för sitt utbrott. Men riktigt från hjärtat kom inte ursäkten och Bror insåg att det här skulle bli en utmanande nöt att knäcka. Efter en gemensam diskussion var alla överens om att ett system för att hålla ordning på potentiella affärskontakter inte var så dumt. Det verkade som om den värsta irritationen var relaterad till att beslutet fattats över allas huvuden.

Bror fick gå upp en gång till för att på nytt visa sin tidplan och sina planerade aktiviteter. I första omgående skulle alla säljare intervjuas, i en andra omgång kundsupport och om så krävdes även säljare ute på fältet.

"Va f-n, mina säljare i Norge, Danmark och England är min personal och de ansvarar jag för. Ingen konsult ska springa in och prata med mina killar, det sker via mig i så fall", utbrast Mark, på nytt rejält irriterad.

Fredrik fick återigen gå in och lugna ner Mark, sa att det var

18

ju ett steg som bara skulle genomföras om man tyckte det var nödvändigt. Det fanns väl ingen anledning att brusa upp. Innan man skildes åt kom man överens om en tidplan för intervjuerna. Alla säljare skulle intervjuas med start inom två veckor Det fanns ingen möjlighet att boka in några tider dessförinnan. Först ut blev Mark. Han skulle på en tjänsteresa till Norge om drygt en vecka och skulle komma tillbaka till kontoret på måndagen veckan därefter. Resterande säljare planerades in till tisdag och onsdag samma vecka och kundsupport dagarna därefter.

Eftersom Bror hade en del dokumentationsarbete kvar på sitt nuvarande projekt skulle mötet med Mark bli den första aktiviteten på uppdraget.

Några av kollegorna till Mark kom fram och försökte släta över hans hårda ord, sa att han brukade tina upp och att Bror inte skulle oro sig. Det sa sig vara positiva till projektet, och det verkade som om de flesta menade vad de sa.

När mötet avslutades såg Bror hur Fredrik och Mark stod och pratade och med tanke på styrelsens direktiv kunde han inte låta bli att undra om det bara var Fredrik som försökte lugna Mark eller om de smidde ränker ihop. Efter mötet med styrelsen var konspirationsteorier nära till hands men nu fick han fokusera på det konkreta uppdraget att föra in ett kunddatasystem. Övrigt skulle väl komma väl fram under det arbetet. Alldeles för tidigt att spekulera och måla f-n på väggen i det här skedet.

3

Star Bowling
Måndag kväll vecka 1

På kvällen var så Bror på väg mot företagsträffen på Star Bowling. Han hade åkt hem tidigare för att kunna byta om till kläder som passade bättre för en bowlingkväll.

Klädbytet gick snabbt och Bror insåg att han hade gott om tid på sig så han bestämde sig för att gå till Star Bowling. Han såg fram emot att få röra på benen och det skulle ge honom tid att tänka igenom dagens händelser.

Från hemmet till Odinsplatsen var det drygt fyra kilometer så det blev en promenad på en knapp timme. Bror gick genom Haga, ett område som han gillade med sina gamla hus samt lite udda affärer och antikbutiker. Sedan vidare längs Nya Allén fram till Polhemsplatsen. Star Bowling låg bara ett femtiotal meter ner på Odinsgatan.

Bror gick i rask takt och lät tankarna vandra fritt. Man hade inte fått några nyheter från Mark och han var fortfarande försvunnen. Fredrik hade pratat med hustrun som dock inte var orolig. Mark hade kommit hem sent från resor tidigare också och han skulle nog höra av sig inom kort.

Säljaren i Norge hade man inte heller fått tag på. Man hade lämnat meddelade på hans telefonsvarare men hade inte fått kontakt innan Bror lämnade kontoret.

Bror skulle intervjua nästa säljare imorgon. Filip hade varit den som var mest intresserad av det nya projektet så nu gällde det att lägga dagen bakom sig och se fram emot en nystart imorgon.

Det skulle också bli trevligt att få träffa gänget så här lite utanför arbetet, vilket alltid öppnade upp för enklare relationer. Han undrade hur många av säljarna som skulle dyka upp? Väl framme hade han blivit rejält varm och ångrade nästan promenaden. Kände sig lite ofräsch.

Gänget från Medella var redan samlat, ett tjugotal killar och tjejer stod och letade bowlingskor och provade bowlingklot. Karin upptäckte honom och klappade i händerna och presenterade Bror samt hälsade honom välkommen. Alla kom fram och tog i hand och presenterade sig, men de var så många så Bror hade ingen möjlighet att lägga mer än ett fåtal namn på minnet.

Tyvärr var ingen av säljarna med och Bror frågade Karin lite diskret om någon från säljavdelningen skulle dyka upp.

"Tyvärr, de flesta är ute och reser och Filip fick förhinder med kort varsel. Så tyvärr är ingen av säljarna med ikväll."

Karin tog med Bror till en rödhårig tjej med pigga glada ögon och lite utmanande leende.

"Det här är Madelene som jag berättade om på lunchen. Vi tycker alla det är så skojigt att hon kommer tillbaka och umgås med oss trots att hon lämnat skeppet. Jag sätter er i samma lag så kan du få lite information om säljarna."

"Så du ska få ordning på säljarna, lycka till", sa Madelene med tydlig ironi i rösten.

"Nej det stämmer inte, jag ska bara hjälpa till med ett systemstöd, hålla ordning på gänget får någon annan ta tag i."

"Vi kan prata mer vid middagen, nu tänkte jag vi skulle krossa våra motståndare i bowling", sa Madelene.

"Javisst", sa Bror. Bror hade spelat mycket bowling och även om det var några år sedan sist så trodde han inte att det skulle bli ett problem att återuppväcka talangerna. Var Madelene hyfsad skulle de nog inte ha några problem.

Motståndare blev Kalle och Eva, bägge från supportavdelningen. Kalle gick upp och slog direkt en strike. Bror insåg att det nog inte skulle bli så lätt som han trott. Man såg att Kalle var en duktig och aktiv bowlare. Därnäst slog Madelene och Eva var sin strike och Bror insåg att han nog var den svagaste spelaren. Men efter en trevande start blev det en mycket bra match även för Bror och när de tre serierna var slutspelade stod Bror och Madelene som vinnare, om än knappt.

"Jag hade trott jag skulle få en lätt match, det är inte så vanligt att så många är duktiga på bowling", sa Bror lite skamset.

"Du var också bättre än vi trodde, det här var en av de roligaste matcherna på länge", se Kalle och Eva i mun på varandra. Madelene nickade bekräftande.

Alla blev törstiga av spelandet och de tog in en omgång öl innan man satte sig ner för att äta. Bror hamnade bredvid Karin och Madelene. Nu skulle han kanske kunna luska lite om hur säljarna jobbade, men insåg också att han inte fick bli en partydödare genom att prata för mycket jobb.

Det var hög stämning runt bordet och det verkade vara en bra atmosfär bland arbetskamraterna. Ungefär lika många tjejer som killar skapade också en bra balans, inte för grabbigt eller för tjejigt.

"Hur trivs du på nya jobbet Madelene, har du fått någon ny beundrare?" ropar en av killarna.

"Bara bra, inga nya beundrare", svarar Madelene lite besvärat. Hon reste sig hastigt, ursäktade sig och gick mot damrummet.

"Vad var det där?" frågade Bror Karin.

"Mark är lite efterhängsen. Han är svår mot alla tjejer, ser sig som mannens gåva till kvinnorna. De flesta av oss hanterar det men Madelene tog illa vid sig. Misstänker faktiskt att det var därför hon bytte jobb."

"Tråkigt, förvånande att den attityden fortfarande finns kvar."

Madelene kom tillbaka och verkade ha samlat ihop sig. Uppenbart var att kommentaren om beundrare inte var uppskattad. Bror bestämde sig för att trots det luska lite kring rutinerna med säljarna.

"Karin berättade att du arbetade som säljsekreterare tidigare, kan du berätta lite mer om hur de jobbar?"

"Fredrik har alltid betonat att affärer gör man i relationer med andra och att relationer skapar man ute på fältet. Så säljarna är väldigt mycket ute och reser. Jag hjälpte till med resebokningar och i vissa fall även med att boka besök", sa Madelene.

"Finns det säljare stationerade utomlands också?"

"Ja vi har i många år haft egen personal i Frankrike, Tyskland och England. Återförsäljare i Norge, Danmark och Finland bearbetas från säljare här i Göteborg. Jag hjälpte till med resebokningar för alla förutom Mark, han hanterade alla bokningar själv och vägrade ta hjälp med detta."

Madelene berättade att Mark hade ett fast schema där han jobbade varannan vecka från kontoret i Göteborg, övriga veckor reste han på England, Norge och Danmark. Norge och Danmark hanterade han via bil och givetvis flyg mot England.

"Så vilka befintliga och potentiella kunder han besöker har du ingen aning om", konstaterade Bror.

"Precis, det gäller alla säljare. Skulle någon sluta så tappar företaget all kunskap om pågående affärsbearbetningar, så ditt projekt är absolut nödvändigt."

"Mark var väldigt kritisk när det presenterades, har du en aning om varför?"

"Man blir väl inte lika oumbärlig med ett sådant system och det kanske inte alla gillar."

Bror kände att det fick räcka med jobbsnack och hakade på en diskussion om hårdrock vid bordet bredvid. Även här blev man precis som Karin, mycket förvånade över att Bror tidigare varit en hårdrockare.

23

Efter en lång diskussion om olika musikstilar och berättelser från olika rockfestivaler blev det så dags för uppbrott. Det var ju en vanlig arbetsdag imorgon.

När Bror hämtade ut sina ytterkläder stötte han på nytt ihop med Madelene vid garderoben.

"Du tog illa vid dig vid kommentaren om beundrare, gällde den Mark speciellt?", kunde han inte låta bli att fråga.

"Ja det gjorde det, han är en riktig skitstövel så nämn inte det namnet igen", sa hon och stormade ut från lokalen.

4

Medella
Tisdag vecka 1

Tillbaka på Medella på tisdag morgon var nästa intervju med en säljare inbokad. Filip hade ansvar för Sverige och Finland och dök upp vid Brors skrivbord i god tid innan mötet. "Vi brukar ha en gemensam fika på tisdagar, ska vi träffa de andra innan vi sätter igång?" frågade Filip. Lät som en utmärkt idé och de gick iväg till företagets kafeteria. Mark hade fortfarande inte dykt upp och nu märkte man i sorlet runt fikaborden en påtaglig oro. Fredrik kom in och manade till tystnad. Han berättade att han pratat med Marks hustru som även hon nu blivit orolig. Man har kontaktat alla sjukhus både i Norge och Sverige och inga olyckor var inrapporterade. Fredrik hade även pratat med polisen som dock tyckte att man borde avvakta, de flesta som rapporteras försvunna dök upp inom två till tre dagar. Marks sambo hade berättat att hon fått ett vykort från Oslo datumstämplat torsdag förra veckan så han borde rimligen dyka upp när som helst. Trots de lugnande orden blev stämning om möjligt ännu mera pressad. Diskussionen avtog och alla bröt tidigt upp från den gemensamma fikapausen.

Väl tillbaka i konferensrummet hade Filip förberett en liten presentation över sin bearbetning av Sverige och Finland. Man hade ett fåtal större återköpskunder på respektive marknad och

25

Filip bedömde att man hade arbetat upp cirka 20 % av möjlig marknad. Så potentialen var fortsatt stor.

Han var övertygad om att man med fortsatt bearbetning skulle kunna dubblera sin försäljning. Han skulle dock gärna se att man kompletterade säljbesöken med någon form av direktmarknadsföring.

Bror svarade att det inte ingick i hans uppdrag men att ett kunddatasystem skulle skapa en bra grund för att även kunna komplettera med utskick och andra former av erbjudanden. Bror undrande över vilka områden som man var bäst etablerade på. Filip berättade att Sverige, Tyskland och England var företagets största och mest framgångsrika marknader.

Mark som var född och uppväxt i England hade börjat på företaget för sju år sedan och gjort ett väldigt bra jobb med att bygga upp den engelska marknaden men inte lyckats lika bra med Norge och Danmark trots att han spenderade mycket säljtid där.

"Är lönsamheten lika bra på alla marknader?" frågade Bror.

Filip berättade att England varit mycket lönsamt sedan cirka fem år tillbaka och varit bolagets kassako nummer ett, men att lönsamheten gått ner de senaste två åren. I Tyskland var lönsamheten svag. Sverige hade bra resultat medan övriga länder var under uppbyggnad och kunde därför inte bedömas fullt ut.

Bror undrade om det inte var jobbigt att kombinera familj med ett så frekvent resande. Filip berättade att många av säljarna varit ensamstående och relativt unga när de börjat på företaget. Under de senaste åren hade många bildat familj och fått barn vilket givetvis påverkade arbetssituationen. Två säljare hade slutat då man sökt sig till arbeten som inte krävde lika omfattande resande. Det var i samband med dessa avhopp som man insåg problemet med att man inte hade något enhetligt register över sina pågående affärsbearbetningar.

"Men Mark verkar ju vara lite äldre, har inte han familj och barn?" undrade Bror.

"Jo han är sambo och har två barn, den yngsta 19 år och den

26

äldre 22 tror jag."

Filip berättade att Mark arbetat som säljare i hela sitt liv och hade kommit överens med sin sambo om ett vartannat veckoschema som han tillämpat under många år. Veckorna han arbetade hemifrån Göteborg åkte han alltid hem tidigt och spenderade mycket tid med familjen. Familjen hade anpassat sig till detta schema och det verkade fungera bra. Filip berättade att han umgåtts lite sporadiskt med Mark och varit hembjuden ett antal gånger. En trevlig familj som trivdes bra med varandra och sina vänner.

Mark hade under alla år skickat vykort från sina tjänsteresor och man hade en stor tavla som det satt över 200 vykort på. Hans fru var nästan löjligt förtjust över den omsorg som han fortfarande visade med alla dessa vykort berättade Filip.

Mötet med Filip blev ett bra, han fick massor med användbar information inför sitt projekt. Han kände att han började få en bra struktur inför de kommande intervjuerna.

På eftermiddagen skulle han intervjua Urban som var säljansvarig för Tyskland.

På väg mot lunch fick han på nytt sällskap med kundservicegänget och Karin som han lunchat med tidigare.

Under lunchen kunde han inte låta bli att ta upp kommentarerna från Madelene under bowlingkvällen. Frågan var besvärande och trots att man inte ville prata illa om Mark framkom det tydligt att han varit lite väl närgången och efterhängsen även mot andra tjejer på företaget. Mark var ju dock lite av stjärnan inom säljkåren så antingen gjorde man som Madelene eller så bet man ihop och hanterade situationen.

En kommentar som ju inte stämde så bra med Filips beskrivning av en kille som arbetade korta dagar och spenderade mycket tid med familjen under sina Göteborgsveckor.

Under mötet med Urban kom man återigen oundvikligen in på Mark som fortfarande nu på tisdag eftermiddag inte hört av sig. Urban var inte lika positivt inställd till Mark som Filip utan var öppet kritisk både till resultatförsämringen i England och den uteblivna framgången i Norge och Danmark. Han upplevde även att Fredrik höll Mark om ryggen lite väl mycket.

"Man kan tro att de två har någon egen agenda ibland", sa han bittert.

Han hade själv fått ta emot stark kritik för dålig lönsamhet i Tyskland medan Mark inte drabbades av samma öppna kritiska attityd trots minst lika svaga resultat de senaste åren.

Bror undrade vad som orsakat resultatförsämringen i England.

"Bra fråga, den har jag ställt många gånger men den sopas alltid under mattan."

"En annan grej. För några veckor sedan såg jag Mark på Landvetter flygplats en vecka när han officiellt var i Danmark. När jag tog upp det med honom sa han att jag sett fel. Men det vet jag att jag inte gjorde, han var på Landvetter och ville inte medge det av någon anledning", sa Urban med tydlig irritation i rösten.

På väg tillbaka till sin arbetsplats stötte Bror ihop med Ingrid, företagets kundsupportchef. Hon berättade att hon precis pratat med en av de större kunderna i Norge som berättat att han inte träffat Mark på många år. Han hade endast haft telefonuppföljningar vilket hon tyckte var märkligt då Mark åkte till Norge minst var sjätte vecka.

"Hur kan han resa till Norge så ofta och inte besöka vår enskilt största kund på marknaden?" undrande hon kritisk.

Bror berättade att han träffat Madelene under bowlingkvällen och undrade om Ingrid visste varför hon varit så kritisk till Mark.

"Det ingår väl ändå inte i ditt uppdrag att rota i sådant skvaller. Men eftersom du frågar så är han en mansgris och alla klarar inte av det. Madelene är inte den första som slutat på företaget på grund av Mark."

När Bror lämnade kontoret på tisdag kväll hade man fortfarande inga uppgifter om Mark. Dagen hade i övrigt varit produktiv och

han hade hunnit med att intervjua ytterligare en säljare.
Var Mar en omsorgsfull familjefar som prioriterade familjen
när han var hemma eller en mansgris? Var han en framgångsrik
säljare eller en "myglare"? Hade han och Fredrik något fuffens
ihop?

Bror önskade att han inte träffat styrelsen och på så sätt blivit
inkörd på konspirationsteorier istället för att fullt ut kunna
fokusera på sitt uppdrag att föra in ett nytt
kunduppföljningssystem. Han började känna sig som en
kombination av konsult och privatdetektiv.

5

Polishuset
Tisdag vecka 1

Björn Andersson, chef för kriminalavdelningen, satt med ett delikat ärende på bordet. En affärsman hade försvunnit och både fru och företag hade gjort en polisanmälan. Normalt sett skulle han väntat någon dag till innan han startade en utredning. Ofta dök personer upp inom två till tre dagar. Den försvunne hade kanske dåligt samvete efter ett amoröst äventyr och inte tagit sig för att kontakta fru och företag. Det hände då och då.

Men nu var det så att styrelseordföranden på företaget och polischefen var bekanta och som så ofta innebar den typen av känningar att ärendet efter några mindre påtryckningar fått högre prioritet än normalt.

Man hade massor att göra så det var inte helt lätt att avdela ärendet till någon. Men han satt och funderade på sin unga kriminalinspektör Eva Lind.

Eva var poliskårens yngsta inspektör någonsin, i alla fall i Göteborg. Hon hade gjort kometkarriär och avverkat sina år på fältet med gott betyg, varit aktiv och läst extrakurser och till slut blivit antagen som inspektör. Hon var duktig utan tvekan, men det faktum att hon var tjej hade för en gångs skull gynnat henne. Det var alltför få kvinnor inom kriminalavdelningen så valet föll på Eva både för att hon var duktig samt att hon jämnade ut könskvoten.

Eva hade arbetat tillsammans med flera kriminalare under

30

sina sex månader och även om många varit avoga till en ung tjej i början hade hon vunnit de flestas respekt. Ja, allas respekt skulle man kunna säga.

Även om ett försvinnande kunde vara ett trivialt uppdrag skulle det trots allt passa som hennes första helt egna utredning. Normalt sett la man ju inte ett uppdrag direkt på en inspektör men varför inte, han kunde inte avvara någon av sina kommissarier. Han bestämde sig för att prata med Eva efter lunch.

Eva var uppvuxen i Dalarna och hade flyttat till Stockholm tillsammans med en ungdomsförälskelse. Hon hade börjat en utbildning som psykolog på Stockholms universitet men redan efter ett halvår tänkt om och sökt in till polishögskolan.

När hon närmade sig sin examen så bröt hon med sin pojkvän. Hon upplevde att de vuxit ifrån varandra och gjorde slut. Han ville dock inte riktigt acceptera detta utan fortsatte vara efterhängsen trots ett antal, som Eva upplevde det, tydliga besked om att det var slut. För att bryta upp rejält valde Eva att söka sin aspirantutbildning i Göteborg där ett antal väninnor från uppväxten i Borlänge bosatt sig.

Hon trivdes bra i Göteborg men boendet var ett problem. Eva ville bo centralt i staden och hade under sina fem år flyttat runt mellan sex olika andra- och tredjehandsboenden. Just nu bodde hon i en underbar liten två i Haga. Men om ett halvår kom ägaren tillbaka från ett utlandskontrakt så då var det dags att på nytt hitta en bostad.

Redan efter fem år som polisassistent hade Eva sökt en tjänst som kriminalinspektör och blev till sin förvåning antagen, trots att det ofta krävdes minst sex till tio års tjänstgöring innan det kunde bli aktuellt.

Det hade varit knepigt att börja arbeta vid polisen, viss form av könsdiskriminering förkom men Eva hade hanterat den bra. Hon var duktig och hade genom åren vunnit sina manliga kollegors förtroende. Ett antal inviter hade förekommit. Men hon hade bestämt sig för att inte starta något förhållande på arbetsplatsen och vid det hade hon hållit fast. Under sina första sex månader som inspektör hade hon assisterat mer erfarna kommissarier i ett antal olika utredningar. De flesta ärenden var ganska förutsägbara. Brottslingen var snabbt identifierad och ofta gällde det bara att sammanställa bevisen så att åtal kunde väckas. Ingen av fallen hade varit de underfundiga gåtor som visades i alla deckare på tv. Lite sugen var hon dock att få visa framfötterna och hålla i en egen utredning. Men det fick nog vänta.

På väg ut till lunch stötte hon ihop med Björn.
"Kan du komma in till mig vid ett idag?" frågade Björn och sprang vidare i korridoren utan att invänta ett svar.
"Jaha, är det nästa steg i karriären redan?" kommenterade en kollega med ett leende på läpparna.
"Säkert, jag är nog påtänkt som Rikspolischef, tror du inte det?" svarade Eva ironiskt.
Stämningen i gruppen var rå men hjärtlig. Trots de skämtsamma kommentarerna undrade Eva vad Björn egentligen ville. Björn hade hon bara hälsat på som hastigast. Ofta var det någon av de övriga kommissarierna som hon hade kontakt med. De var de som fick uppdragen och fick sedan en eller flera inspektörer till hjälp.

Med pirr i magen knackade så Eva på Björns kontor på klockslaget ett. Han ropade "kom in" och Eva blev anvisad en plats i kontorets lilla soffgrupp. En soffgrupp på rummet, det måste vara status det, tänkte Eva. Hon hade aldrig varit inne i någon av ledningens kontor förut. Han hade förberett med termos och bjöd på kaffe och kakor.
"Hur trivs du på vår avdelning? Jag har bara hört gott om dig från våra kommissarier."
"Jag trivs mycket bra. Många duktiga poliser och bra stämning", sa Eva en aning både undrande och reserverat.
"Som du vet har vi en hård belastning just nu. Jag har fått in ett uppdrag som jag behöver en utredare till och undrar om du

skulle kunna ta det uppdraget."

"Oj, det var oväntat. Men måste inte ett uppdrag hanteras av en kommissarie?"

"Jo, officiellt kommer jag att ansvara för uppdraget, men rent praktisk kan jag inte lägga någon tid på det så i praktiken blir det ditt. Om du vill förstås?"

"Absolut, berätta mer", Eva kände sig både upprymd och lite nervös, "det här verkade spännande."

Det var med lätta steg som Eva lämnade Björns kontor. En egen utredning, vem hade kunnat tro det. Hon undrade om det skulle skapa avundsjuka bland kollegorna. Men det skulle vara deras problem, inte mitt, fastslog Eva.

Tyvärr kunde ju utredningen få ett abrupt slut om affärsmannen helt plötsligt dök upp igen. Det var inte ens speciellt osannolikt. Men oavsett hade det varit roligt att bli tillfrågad.

Björn skulle ringa företaget och meddela att Eva skulle hålla i utredningen samt boka in ett första möte imorgon ute på Medella. På eftermiddagen skulle hon besöka familjen.

Men först tänkte hon läsa på om Medella, som företaget hette.

Tänk vad lätt det var att ta fram bakgrundsinformation om ett företag. Idag kunde man hitta fakta om ett företag på ett antal olika webbsidor. Ägarförhållanden och bokslut fanns lätt tillgängligt. Dessutom gav företagets egen webbsida ofta väldigt uttömmande information. I motsats till utländska företag som sällan redovisade personer inom företagsledningen på sin hemsida fanns på svenska sidor ofta ett komplett personagalleri, inklusive fotografier på alla i ledande befattningar.

Eva börjande med sin favoritsida på Allabolag och fick fram bokslut och styrelsemedlemmar.

Företaget var ett svenskt företag som utvecklade och sålde programvaror för analys och terapibehandling av ungdomar med olika former av neuropsykiatriska problem, t.ex. autism och adhd, läste Eva på deras hemsida.

Bolaget hade varit verksamt i tio år och hade de senaste fem

33

åren vuxit kraftigt till en omsättning på drygt 500 miljoner kronor. Lönsamheten hade varit mycket bra fram till för två år sedan då den gått ned en aning. Finansiellt var företaget stabilt, nyckeltalen för kassalikviditet och soliditet var mycket bra. Djupare kunskap inom företagsekonomi hade inte Eva, hon kanske borde dubbelkolla med någon som var mer insatt i den konsten.

Medella var latin och översattes till läkning på svenska vilket ju var passande för ett företag som arbetade med hjälpmedel inom analys och terapi. Företaget var privatägt med tre huvudägare som tillsammans ägde cirka 80 %. Övriga aktier var fördelade på mindre investerare varav många anställda som köpt in sig på mindre poster. För två år sedan fanns planer på att introducera företaget på börsen, men dessa hade lagts på is då lönsamheten hastigt blivit sämre.

På företagets webbsida hittade Eva information om produkter samt en översikt över företagets ledningsgrupp med fotografier och namn. Även säljarna på företaget var presenterade, dock ingen bild på Mark Johnston. Typiskt, ingen bild på den saknade. Eva letade vidare på både Linkedin och Facebook men Mark hade inga konton på dessa. En vidare sökning på Google visade upp ett antal olika pressklipp från lyckade affärer, många i England men han hade inte fastnat på bild. En bild fanns men han vände ansiktet åt ett annat håll så man fick ingen uppfattning om hur han såg ut. Det var nästan så att man kunde misstänka att han avsiktligt undvikit kameran. Märkligt, säljare var ju ofta tävlingsinriktade och tyckte det var roligt att stå i rampljuset.

Eva bildade sig även en uppfattning om konkurrentsituationen och konstaterade att det bara fanns tre stora bolag inom området som verkade dominera marknaden. Medella var starkast i Europa och i USA dominerade ett annat bolag. Men bägge bolagen hade tydliga expansionsplaner in på sina konkurrenters områden.

Ett tredje bolag var betydligt mindre och hade fokuserat sig på Sydostasien.

34

Alla artiklar hon hittade pratade om en framtidsbransch med stora möjligheter.

6

Medella
Onsdag vecka 1

Stämningen på kontoret hade blivit allt mer tryckt under veckan. Mark var fortfarande saknad och under gårdagen hade både Fredrik och sambon gjort en polisanmälan. Man var nu oroliga för att något allvarligt hade hänt.

Bror hade avverkat tre intervjuer och hans tidigare splittrade bild av Mark bestod. Vissa av säljarna hade Mark som en stor förebild och idol, andra var kritiska på samma sätt som Urban varit under gårdagen. Däremot lämnade han ingen oberörd. Antingen var han mycket omtyckt eller närmast ogillad. Idag skulle Bror fortsätta med ytterligare två säljare. Dock blev planeringen ändrad när Fredrik kom fram lätt uppjagad.

"Inte nog med att Mark är försvunnen nu har jag förlorat min ekonomichef också!"

"Vad har hänt?"

"Inget jätteallvarligt. Lennart har drabbats av en svår infektion och läkaren har sjukskrivit honom i två veckor men det kan bli fler, med absolut förbud att gå in och jobba. Jag undrar, hade inte du arbetat som tillförordnad ekonomichef tidigare? Skulle du kunna gå in och ta över och vikariera för honom tillsvidare. Du har ju ändå hunnit sätta dig in en aning i företaget och jag har bara hört gott om dig i korridorerna."

"Tack för berömmet. Det är nog inget problem, jag ska bara prata med min chef först."

36

"Utmärkt, då blir det start omedelbart, vi har ett ledningsgruppsmöte om en halvtimme som jag vill att du är med på. Du får nog räkna med att jobba med detta mer eller mindre på heltid så du får nog skjuta på några intervjuer kring det andra uppdraget. Hoppas Lennart är tillbaka snart."

Bror tog tag i sina ombokningar direkt och fick höra att en kriminalinspektör skulle komma till företaget under förmiddagen för att påbörja en undersökning kring Marks försvinnande.

Ledningsgruppsmötet var intensivt, man närmade sig en bokslutsavstämning och hade ett antal större fakturor som måste stämmas av. Flera av dessa fanns i England som man räknade med skulle rapporteras av på måndag. Även Frankrike slirade lite och skulle återkomma nästa vecka. Det här skulle bli en utmaning att hantera med så kort varsel.

Vid tiotiden knackade det på dörren och kriminalinspektör Eva Lind kom in. Bror kände att han tappade hakan. Han hade inte förväntat sig en jämnårig och dessutom en mycket söt tjej som inspektör. Hans fördomar hade föreställt sig en medelålders allvarlig man med bister uppsyn.

Eva presenterade sig och ville boka in korta intervjuer med alla i ledningsgruppen omgående. Bror konstaterade att hon noterade hans häpna och förmodligen korkade uppsyn och log nervöst mot honom. Eva hade brått då hon skulle hälsa på Marks familj på eftermiddagen så vissa fick gå ifrån ledningsgruppsmötet för intervjuer då och då fram till lunch. Bror blev inbokad till klockan elva.

På klockslaget knackade Bror på konferensrummet som Eva lånat och klev in. Återigen kände han att han stod och stirrande, nu fick han skärpa ihop sig. Han kunde ju inte stå där och bete sig som en hormonstinn tonåring.

Eva titta upp och sa "vad tittar du på, har mascaran smetat ut eller är det något annat?"

Bror märkte att han rodnade vilket var riktigt pinsamt och kände att han var tvungen hantera detta på något sätt, varför inte öppet och ärligt.

"Jag hade inte förväntat mig en så söt och snygg tjej som inspektör, det är därför jag stirrar och beter mig lite omoget."

"Nu gör du mig generad också, eller försöker du dupera en polistjänsteman, du kanske är skyldig till något?" sa hon med ett leende.

Eva var verkligen en flicka i Brors tycke. Hon var inte vacker utan mer söt med ett friskt utseende, hon påminde om tjejerna som figurerade på reklam för hälsokost och tandkräm. Ett runt ansikte omgärdat av ett fantastiskt rödlätt hårsvall, stora ögon och lätt fräknig i ansiktet. En mun som verkade le ofta och gärna. Det fanns ingen ring vilket verkade lovande. Han kom på sig med att fortsatt stirra och tänkte att det får bära eller brista.

"Får man bjuda ut inspektören på middag någon kväll?" frågande han.

"Jag trodde du var här för ett förhör, vi kanske ska gå tillbaka till det. Du förstår nog att jag inte kan gå ut på middag med dig, jag leder en utredning och du finns med i den, den skulle inte passa alls", sa hon, men leendet var inte avvisande och kanske var en middag någon gång i framtiden möjlig trots allt.

Bror redogjorde för sitt uppdrag och återberättade alla intryck han samlat på sig. Han berättade även om sitt nya uppdrag som tillförordnad ekonomichef. Eva berömde honom för hans goda förmåga att samla in information och intryck och hoppades att han skulle höra av sig om han kom på något ytterligare.

Dock berättade inte Bror om sitt möte med styrelsen och deras misstankar om eventuella oegentligheter i bolaget. Den informationen var konfidentiell mellan styrelsen och hans konsultbolag och den ville han inte sprida vidare till polisen. Att Mark var försvunnen hade troligtvis inte med det att göra, men lite dåligt samvete hade han allt att han behöll det för sig själv. Men de skulle säkert träffas igen och om det kändes viktigt fick han väl komma på något sätt att hantera det. Att de troligtvis skulle träffas igen kändes mycket bra.

7

Johanneberg
Onsdag eftermiddag vecka 1

Eva lämnade kontoret direkt efter sitt samtal med Bror. Trevlig kille men hon kunde ju inte dejta någon inom utredningen, det skulle vara helt omöjligt. Men hon insåg att de skulle träffas igen och det gjorde henne varm inombords. Marks familj bodde i en villa i Johanneberg. Ett område som var helt obekant för Eva. Området var nära stadens centrum och inom gångavstånd ner till Korsvägen. Fanns det verkligen villor inom det området? Via buss 186 kom Eva hela vägen fram till Södra vägen nedanför Carlanderska huset och sedan var det bara en lättare promenad på 700 meter fram till villan. Eva hade dock inte räknat med den kuperade terrängen. Gångvägen upp från Södra vägen var brant och hon ångrade nästan att hon inte tagit en annan resrutt. Väl uppe i Johanneberg låg så ett gammalt villaområde med hus bygga under eller strax efter andra världskriget fram till sextiotalet. Ett mycket trevligt område så nära intill centrum. Priserna var nog rejält höga baserat på det centrala läget, tänkte Eva när hon hittat fram till sin adress. Hon gick fram och ringde på.

En nätt mörkhårig kvinna öppnade dörren och presenterade sig som Malin. Ansiktet var oroligt och stressat. Hon bad Eva stiga in och hade förberett kaffe som traditionen krävde. I rummet som Eva blev visad till satt även en tjej och kille, ett antal år yngre än henne själv. Familjens dotter och son hade tagit ledigt för att stödja sin mamma vid samtalet.

Det verkade vara en harmonisk familj. Malin berättade att hon och Mark varit sambos i 30 år. Man hade pratat om att gifta sig från och till men det hade aldrig blivit av. Man hade bott i villan in 25 år och bägge barnen var uppväxta där. Man hade tidigt kommit överens om ett varannan vecka schema. Mark hade alltid arbetat som säljare och låg ute i fält en vecka sedan kom han hem och arbetade från sin arbetsplats i Göteborg under en vecka. Upplägget hade varit bra och under de veckor som Mark var hemma i Göteborg kom han alltid tidigt hem och spenderade mycket tid med familjen. Stämde väl överens med de uppgifter som Eva fått ta del av via Bror.

Hustrun visade även den stora anslagstavlan fylld med vykort. Hon berättade att Mark i alla år varit så omtänksam och alltid skickade vykort från sina tjänsteresor.

"Är han inte gullig som fortfarande skickar dessa efter 30 år tillsammans?" sa hustrun med ömhet i rösten. "Han slår ofta en signal en till två gånger i veckan också." Hon pekade även ut ett vykort från Oslo som kom från hans senaste resa. Eva tyckte sig dock ana en inte helt gillande blick från sonen, men hon kanske inbillade sig.

"Hörde han av sig via telefon förra veckan också?" frågade Eva.

"Javisst han ringde både på tisdag och på torsdag."

Man hade inte varit så oroliga i början för det hade ofta hänt att telefonen laddat ur och att han inte svarande samt att han med kort varsel förlängt sin resa med en dag eller två. Han gillade att fiska och hade ibland stannat på vägen tillbaka från Norge. Men så här länge hade han inte varit borta utan att höra av sig och det var uppenbart att alla var rädda att något inträffat.

Eva berättade att man kontrollerat alla sjukhus och polisrapporter i Västsverige och Osloregionen men inte fått in något som stämde på Mark eller hans bil.

Hon lämnade villan i Johanneberg med en känsla av att det här trots allt var ett försvinnande. Mark borde ha hört av sig nu. Det blev nog en riktig utredning trots allt.

Dessutom kändes det som om barnen hade mer att berätta, framförallt sonen. Varför visste hon inte men det var en stark intuitiv känsla.

8

Polishuset
Torsdag vecka 1

Eva hade beställt positionering av Marks telefon under gårdagen men inte fått något svar från mobiloperatören. Visserligen hade beslutet från Björn dröjt så begäran hade skickats iväg sent på dagen, men nu var hon irriterad över att hon inte fått något svar. Hon ringde upp operatören och fick reda på att telefonen varit avstängd sedan en dryg vecka tillbaka.

Hur kunde det vara möjligt? Mark hade ju haft kontakt med sin sambo både på tisdagen och på torsdagen i förra veckan om hon inte mindes fel.

Men han kunde givetvis ringt från en hotelltelefon. Men vem använde sådana idag, det kändes ju så gammalmodigt. Men hade han det så kunde man ju få veta varifrån han ringt. Däremot måste man veta vart han ringt, hade han ringt hemnumret eller till hustruns mobiltelefon? Ett annat alternativ kunde ju vara att sambon inte talade sanning när hon berättade om hans två samtal.

Trettio minuter senare var hon på nytt på väg till Johanneberg. Hon ville inte reda ut detta via telefon utan hon ville träffa Malin Håkansson personligen kring dessa frågor.

Malin tog emot och undrade om man kommit fram till något nytt. Eva berättade att man försökt spåra Marks telefon men att den varit avstängd sedan drygt en vecka tillbaka. Hon undrade

42

över samtalen som Malin mottagit.

"Det är inga konstigheter. Han stänger alltid av sin telefon när han reser från Sverige. Vi samtalar via Skype och ibland skickar vi meddelanden via Messenger. Det är så praktiskt", sa hon med ett leende.

Eva kände sig dum. Att hon inte tänkt på den möjligheten, hon tillhörde ju internetgenerationen vilket inte Malin gjorde och hade trots det inte tagit med detta i möjligheterna.

"Han har alltid med sig en Ipad på sina resor och wifi-uppkoppling finns ju på de flesta ställen. Att vara nåbar när han sitter i sin bil har han aldrig varit intresserad av och det lär ju inte vara trafiksäkert heller", sa hon.

Eva lämnade Johanneberg lite besviken. Både på sig själv och på att ytterligare en möjlighet att få en ledtråd till var Mark var eller hade varit hade försvunnit.

Hon undrade om det fanns någon möjlighet att spåra dessa Skype-samtal men hon hade ingen aning. Malin hade lämnat ut sin Skype-adress så hon skulle lämna den vidare till någon på IT-avdelningen så fick hon se vad som hände.

Man hade även försökt spåra hans kreditkort men det verkade som om han bara använde sina kort i Sverige. Det fanns inga noteringar om betalningar utanför Sveriges gränser vilket var mycket märkligt. Hade han något annat kreditkort som varken Medella eller sambon kände till?

Återigen slogs hon av att han varit mån om att lämna så få spår som möjligt efter sig. Hon hade inte hittat några bilder. Han fanns inte på Facebook eller Linkedin. Ingen mobiltelefon påslagen när han reste. Han använde aldrig sina kända kreditkort annat än i Sverige.

Man kunde nästan misstänka att han av någon anledning avsiktligt försökte hålla sig en bra bit under radarn.

Av vilken anledning var han så mån om att dölja sina digitala fotspår? Det här började mer om mer likna ett riktigt mysterium. Eva undrade också om han frivilligt gått under jorden. Det var inte lätt att spåra honom.

Tillbaka på kontoret lämnade hon in Skype-adressen för spårning och fick besked om att det skulle ta ett antal timmar. Om hon hade tur skulle hon få ett besked innan dagen var slut.

Strax före fem, när hon var på väg hem, fick hon besked från IT. Marks Skypeadress var dold bakom ett antal anonymitetsservrar så någon adress hade man inte lyckas lokalisera ännu. Men man skulle fortsätta jobba på frågan.

Nu var hon övertygad, Mark ville inte bli hittad, frågan var varför?

9

Furuskog
Fredag kväll vecka 1

Det var alltid lika skönt att komma hem till mamma och pappa. Veckan hade varit minst sagt kaotisk. Mark försvunnen och helt plötsligt en sjukskriven ekonomichef vilket gjorde att han nu satt på två parallella uppdrag. Dessutom en söt kriminalinspektör vilket Bror kände var en relation han ville utveckla. Men det var ju bom stopp under pågående utredning det förstod han, men de skulle säkert träffas igen, så det var väl bara att vänta och se.

Mamma och pappa hade bjudit på middag. Familjen skulle få träffa Myrans nya pojkvän. Myran var hans lillasyster som egentligen hette Myri efter en släkting till pappa men hade alltid kallats Myran, vilket hon inte hade något emot. Man hade väl insett att smeknamnet var givet och det hade varit skönt att det inte blivit negativt förknippat.

Det var en ny situation för Bror. De senaste middagarna hemma hos mor och far hade han alltid haft med sig sin Sara och lillasyster hade varit ensam. Men nu var rollerna ombytta.

Han hade inte träffat hennes kille men givetvis tagit del av både bilder och information från syrrans Facebook-konto. Han så trevlig ut och hade även han gått på Chalmers så att hitta gemensamma samtalsämnen skulle inte vara ett problem.

Mamma och pappa hade köpt ett mindre hus i Furuskog nära Partille för 20 år sedan. Både Bror och Myran var uppväxta merparten av sina ungdomsår i huset och hade sina rum kvar. Huset var en gammal sommarstuga som hade byggts ut i flera etapper, renoverats upp och moderniserats. På tomten fanns ett mindre fristående hus som mamma och pappa använde som hobbylokal. Snickeri och olika former av pyssel var deras största intressen.

Det hade blivit sent på Medella och Bror hade blivit tvungen att åka direkt ut till föräldrarna. När han kom fram satt redan syster med pojkvän i soffan och väntade på fördrinken inför middagen. Bror ursäktade sig och sprang upp till badrummet för en snabb uppfräschning.

När han äntligen lugnat ner sig efter resan blev det välkomstdrink och tilltugg i väntan på maten. Fokus riktades mot pojkvännen, Erik, som nu genomgick en familjär granskning, om än i trevlig atmosfär. Bror kände igen samma nervositet som han själv känt när han träffade Saras föräldrar för första gången. Trots allt var ju en bra relation till sin kärastes familj viktig om än inte nödvändig, så att det var pirrigt för honom var helt förståeligt.

Sedan vändes blickarna mot Bror och man undrade hur hans första vecka på det nya uppdraget varit. Han berättade kortfattat varpå Erik utbrister glatt att det bolaget kände han till massor om. Han började berätta om en kompis, men han kom inte längre än så förrän Myran gav honom en tillrättavisande blick varpå han ursäktade sig och gick tillbaka till en allmän konversation som passade alla. Bror blev dock mycket nyfiken och hoppades få återkomma till ämnet på tu man hand med Erik.

Det blev överbakad lax med täcke av västerbottensost till middag, en rätt som både Bror och Myran tyckt mycket om under hela sin uppväxt. Det var fördelen med att bara hälsa på då och då, ofta fick man sina favoriter tillagade då föräldrarna ville skämma bort sina barn de gånger de kom på besök.

Efter middagen satte sig alla ner i vardagsrummet. Mamma ville visa Myran några nya handarbetsprojekt. Så de försvann iväg och kvar satt killarna. Nu var det dags att flytta tillbaka fokus till Medella och Bror bjöd in Erik till att berätta.

Erik hade haft en god vän som utbildat sig till spelprogrammerare på högskolan i Skövde. Han hade valt att även ta sin master inom programmet som kallades Serious Games. En utbildning där man fokuserade på att använda spelteknik för t.ex. utbildning, träningsprogram, rehabilitering etc. Man hade fått en läkare på sjukhuset som dragmotor som ville ta fram analysmetoder och hjälpmedel för unga med autism, adhd och liknande sjukdomar via interaktiv grafik. Projektet hade varit lyckosamt och tre investerare i Göteborg hade gått in och finansierat upp ett företag kring idén.

"Företaget går ju bra nu, men hur var det vid starten?" frågade Bror.

"Nej, det gick riktigt dåligt, man hade haft ett antal år med mycket svag utveckling då ingen vågade köpa deras produkter. Men så tog man in två engelsmän och fick ett genombrott i England. När genombrottet var ett faktum gick det även bättre i Sverige och det öppnade upp fler marknader" malde Erik på i en aldrig sinande svada. Att han var intresserad av ämnet och påläst kring företaget var uppenbart.

"Va skoj, det här har jag inte fått återberättat, har du några mer detaljer som jag kan ha nytta av?"

"För sex månader sedan var det något bråk inom företaget som fick ganska mycket publicitet i fackpressen. Platschefen i England fick sparken och via en del uttalande i media förstod man att han var ganska bitter över det som hänt. Kändes konstigt då England varit deras genombrott och fortfarande deras största marknad. Han hette Peter någonting han som fick gå."

"Jag förmodar att han var vd i det engelska bolaget och som vd har man ju ingen anställningstrygghet, men jag förmodar att han hade ett bra fallskärmsavtal så det gick väl ingen nöd på honom ekonomiskt."

"Troligtvis inte, när man läste hans inlägg förstod man att han kände han sig lurad, hade han fått arbeta kvar hade han kunnat bli en mycket rik och framgångsrik kille. Definitivt var han inte nöjd, det framgick tydligt av blogginläggen."

"Spännande, man lär sig något nytt hela tiden", sa Bror men ville inte berätta om hans underhandsuppdrag om att snoka kring eventuella skumraskaffärer inom företaget. Att dela med sig av det till någon så pratsjuk som Erik hade nog inte varit bra.

Mamma och Myran kom tillbaka vilket avbröt jobbdiskussionen och flyttade över fokus till den lägenhet som Erik och Myran tittat på. Bror såg på sina föräldrar att de tyckte de gick för fort fram. De hade ju bara känt varandra i två månader och funderade redan på att flytta ihop. Bror såg hur hans mamma bet sig i läppen för att inte lägga sig i, men även Myran kunde läsa av sin mammas ansikte bra så budskapet gick nog fram även om inget sades rent ut.

Pappa bröt den besvärande tystnaden och undrade om Erik ville titta på hans hobbyverkstad, varefter killarna gick över till Hobbyhuset som man kallade det för att titta på hans maskiner. Bror var inte riktigt övertygad om Erik skulle uppskatta detta, men det var nog bra att lämna mamma och Myran ensamma en stund.

Väl ute i verkstaden visade pappa ett pågående projekt kring gitarrhängare i ädelträ som han var på väg att ta fram. Erik undrade nyfiket vem som spelade och sedan öppnades diskussionen om musik och det visade sig att Erik spelat trummor i ett band och var sugen på att börja spela igen. Bror tyckte det lät roligt då han själv var sugen på att ta upp sitt elgitarrspel på nytt. Bra kille Myran träffat, det här kunde ju bli hur trevligt som helst framöver.

Tillbaka in till huset var det uppenbart att mamma och Myran inte varit riktigt överens i den diskussion de haft. Bror kände att han behövde bryta dödläget och frågande om man planerat in någon kortare semesterresa under våren.

Pappa nappade direkt på öppningen och berättade att man skulle åka utomlands till Thailand bara inom ett antal veckor. Familjen hade alltid åkt tillsammans på alla sådana resor men nu när barnen blivit äldre så reste föräldrarna själva. Nästan så man blir avundsjuk tänkte Bror.

"Förresten, har ni sett vykortet jag fick från min kusin?" sa mamma och sprang ut i köket efter ett vykort från Machu Picchu i Peru. Fantastisk bild på den mytomspunna staden kringgärdad av dimma där uppe på berget. Bror vände på kortet och läste den korta hälsningen. De skulle vara borta i ytterligare två veckor, verkade hur härligt som helst.

Kvällen närmade sig sitt slut och ungdomarna bröt upp för att åka hem till sig. Alla tre gjorde sällskap in till centralen varefter Bror beslöt sig för att gå hem och få lite luft. Syrran med pojkvän tog en buss vidare hem till honom.

Intressant att man kunde hitta ny information i de mest oväntade miljöer. Men det var ju inte första gången de visade sig att alla känner alla.

Sedan var det något annat som Bror inte riktigt fick tag i som hade bäring på hans uppdrag. Men trots att han gick igenom alla samtal under kvällen kom han inte på vad det kunde vara. Men känslan satt kvar, något var det, men vad?

10

Medella
Måndag vecka 2

Helgen hade varit lugn och skön. Bror hade helt kopplat bort arbetet och de frågetecken som den senaste veckan malt runt i hans huvud.

På lördagen hade han spelat badminton med Olle, en gammal studiekompis, och på kvällen hade han suttit hemma och bara tagit det lugnt. Söndagen spenderade han med en lång promenad genom Göteborg och avslutade med några timmar på Konstmuseet. Man hade ställt ut "Min djuriska park" av Eric Langert, en utställning han visserligen sett tidigare men den var värd att se om hur många gånger som helst. Konstnären hade skapat en hel djurpark av vardagsföremål som gummidäck, hockeyhandskar, gamla radiatorer mm. Helt fantastisk.

Så tillbaka på kontoret på måndag morgon kände han sig utvilad och full av energi för att ta tag i de utmaningar han lämnat förra veckan.

Kvartalsbokslutet var kritiskt och måste bli klart de närmaste två veckorna. Finansiell avstämning från England var extra viktig och måste klaras av först av alla. Platschefen i England och deras ekonomikonsult skulle träffas nu på morgonen så siffrorna borde komma in under dagen.

Han hade fått bra kontakt med personalen på avdelningen och de verkade vara duktiga och väl inarbetade på uppgiften så troligtvis skulle det nya ekonomichefsjobbet inte ta så mycket tid som aviserat.

Det låg en lågmäld dämpad ljudmatta i fikarummet. Mark var fortfarande försvunnen och Bror hörde att det snackades mycket kring hans försvinnande. Samtalen fördes viskande med framåtlutade kroppar för att skapa en känsla av förtroenden men uppenbart var att skvaller kring Mark tagit fart och ökade för varje dag som han var försvunnen. Tendensen hade varit tydlig i slutet av förra veckan och höll fortfarande i sig.

Karin tittade upp och vinkade åt honom att komma och göra henne sällskap. Hon satt lite för sig själv. Bror hämtade en kopp kaffe och satte sig ner.

"Jag far så illa av allt skvaller kring Mark", sa Karin. "För varje fika dyker det upp allt fler tjejer som blivit antastade och säljarkollegor som tycker att han varit illojal och tagit åt sig äran för andras arbete. En viss sanning kanske finns i bakgrunden men jag tror det mesta hittas på eller överdrivs och det gillar jag inte."

"Vilken ära har han tagit åt sig som han inte borde ha?"

"En av säljarna påstår att han inte alls bidrog så mycket till uppbyggnaden i England som han hävdat och fått beröm för, utan påstår att allt var den förre platschefens förtjänst, och han fick ju sparken. Du vet hur det fungerar, så fort som någon nämnt det så finns det alltid någon annan som håller med och får det bara pågå några veckor till så har det blivit en så kallad sanning."

"Vem påstår det?"

"Nej nu börjar ju även jag skvallra, nu avslutar vi det här ämnet och pratar om något annat. Jag hörde att du skulle gå in som tillförordnad ekonomichef. Betyder det att det andra projektet läggs ner?"

"Nej inte alls jag ska bara vikariera under Lennarts sjukskrivning och sedan är jag tillbaka med full fart. Det blir mycket de närmaste veckorna på grund av kvartalsbokslutet men om några veckor kan vi fortsätta med intervjuerna av kundsupport som vi hade planerat in."

Bror hade velat fråga om vem som nämnt att Mark tagit åt sig äran oförtjänt för England. Men Karin hade varit väldigt tydlig med att hon inte ville skvallra vidare. Påståendet stämde ju också en aning med det som Myrans pojkvän nämnt i fredags. Å andra sidan kunde det lika gärna vara de artiklarna som någon läst och velat göra sig märkvärdig kring, det var ju inte alls ovanligt när skvallret fick grogrund.

Bror gick tillbaka till ekonomichefens kontor som han lånat och tänkte precis ringa upp kontoret i England när Fredrik stormade in på rummet.

"Nu har det gått troll i verksamheten. Jane vår ekonomikonsult ringde precis och berättade att Brian, vår platschef, inte kom till deras avtalade möte. Jag orkar inte med ett till försvinnande", sa han uppgivet och sjönk ihop på besöksstolen vid Brors skrivbord.

"Men han har väl bara blivit försenad, klockan är ju bara drygt nio i London. Är det inte väl tidigt att oror sig för ett missat möte redan nu?"

"Det skulle ha träffats redan för en timme sedan och hon får inget svar från telefonen. Det låter som den är avslagen säger hon. Dessutom har vi tydligen inget telefonnummer hem till honom av någon anledning."

"Jamen någon på kontoret måste ju veta mer."

"Nja det är inte så säkert", sa Fredrik.

Kontoret i England bestod egentligen bara av platschefen som hyrt in sig på ett kontorshotell. Man hade tidigare haft ett eget kontor med ett antal anställda men i samband med att den förre platschefen i England slutade minskade man personalstyrkan till bara en platschef och flyttade kontoret till Watford nordväst om London. Man tog in en ekonomikonsult som kom in var fjortonde dag till kontoret och hjälpte till med bokföring. Så i princip var alla nya på kontoret i England. Den vanliga receptionisten på kontorshotellet var sjukskriven och

52

den temporära personalen hade inga uppgifter om Brian.

"Dessutom har den nya ekonomikonsulten hittat ett antal konstiga bokföringstransaktioner så det är viktigt att vi får den här avstämningen", sa Fredrik och suckade på nytt uppgivet.

"Brian dyker säkert upp när som helst, låt oss vänta någon timme till innan vi jagar upp oss mer", sa Bror.

"Jo du har nog rätt, vi hörs av om en stund", sa Fredrik och lämnade kontoret med hängande huvud.

Bror arbetade vidare med kvartalsbokslutet. Som alltid fanns ett antal fakturor som blivit liggande och inte attesterade i tid som behövde jagas in. Han kände igen problembilden från sitt förra ekonomichefsuppdrag. Konstigt att det alltid skulle vara så svårt att få fakturor signerade. Men samtidigt, ekonomi var ju något som bara ekonomifolk gillade, för annan personal var det bara ett måste som man sällan varken uppskattade eller prioriterade. Trots det så insåg ju alla att de var viktigt när man tog upp diskussionen.

Strax före lunch så kom Fredrik åter in på kontoret. Han började se både sliten och stressad ut noterade Bror.

"Inga nyheter tyvärr, Jane måste åka till en annan klient efter lunch så det blir ingen avstämning idag. Jag har kommit överens med henne om att hon kommer in på nytt på onsdag. Jag vet inte vad vi ska göra om inte Brian dyker upp?"

"Kan vi inte hantera avstämningen på distans, här från kontoret?" undrade Bror.

"Tyvärr inte, vi måste gå igenom en hyfsad stor mängd fakturaverifikat. Vi kanske skulle kunna få dessa inskannade men jag vet inte om vi hinner det. Jane har tydligen hittat många frågetecken även i bokföringen bakåt i tiden. Mark och Brian har ju alltid hanterat detta tidigare och nu verkar både ha gått upp i rök."

"Kan vi inte skicka ner någon som går igenom detta med Jane på onsdag?" frågade Bror.

"Jag vet inte vem vi skulle skicka, egentligen borde jag åka dit själv, men jag vill inte lämna kontoret nu när Mark är försvunnen."

"Finns det inte någon annan inom försäljning eller ekonomi som kan åka?" undrade Bror.

"Inga andra säljare har varit så engagerade i ekonomi och bokföring som Mark och nu när ekonomichefen är sjukskriven vet jag ingen annan på ekonomiavdelningen som kan åka. Men förresten skulle inte du kunna åka ner. Hanterar vi kvartalsbokslutet även om du är borta några dagar? Dessutom skulle ju du få träffa Brian vilket skulle vara bra för ditt andra uppdrag."

"Visserligen skulle kvartalsbokslutet inte drabbas av att jag är borta några dagar. Men tror du verkligen att jag skulle kunna bidra någonting genom att åka?"

"Vi räknar med att Brian dyker upp. Ju mer jag tänker på det desto mer gillar jag idén. Kan du åka tror du?"

"Inga problem."

11

Heathrow
Tisdag vecka 2

Planet landade enligt tidtabell på Heathrow flygplats. Bror hade bokat in ett direktflyg med British Airways på tisdag kväll. Det var ett måste för att hinna i tid till mötet med Jane på kontoret vid klockan nio onsdag morgon. Det hade gått bra under tisdagen. Arbetet med kvartalsbokslutet gick lättare än förväntat och de flesta fakturor var attesterade och bokförda. På eftermiddagen var det bara England och Frankrike som inte var klara. Frankrike skulle komma in med sin avstämning under onsdagen och det verkade inte vara något problem. Skönt för då kunde han utan alltför dåligt samvete åka på sin resa till England. Flyget hem gick inte förrän på torsdag eftermiddag så han skulle hinna med ett kort besök in till London centrum innan flyget gick.

Företaget hade sitt kontor inhyrt i ett kontorshotell i Watford. Bror hade bokat in sig på ett hotell på promenadavstånd.

Utanför Heathrow kostade han på sig en taxi ut till Watford, en resa som skulle ta cirka fyrtiofem minuter. Eftersom klockan redan var åtta på kvällen skulle han bara hinna med en liten öl på någon lokal pub innan det var dags för natten.

Taxiresan gick smidigt, en sträckning genom Londons ytterområden sent på kvällen betydde mindre trafik och inga trafikstockningar. Bror checkade in och gick med vändande steg ut för att leta upp en pub. Han blev hänvisad till The Horns en pub som dessutom ofta hade levande musik. Enligt receptionisten ett trevligt ställe med bra atmosfär.

Perfekt tänkte Bror när han fick syn på den. Den såg ut som en riktig engelsk pub både på utsidan och på insidan. Det var ganska mycket folk och ett band var på väg att börja spela. Bättre än så här kunde det inte vara i England.

Efter att ha tagit emot en pint ale och lite nötter satte sig Bror ner vid ett ledigt bord.

Strax före musiken gick igång kom ett gäng tjejer och frågade om de fick göra honom sällskap, vilket ha givetvis inte tackade nej till.

Musiken visade sig vara en blandning av melodiös poprock och det blev snart en bra stämning i lokalen. Men ljudvolymen skapade ingen möjlighet för konversation. När bandet tog en paus vände sig en av tjejerna till honom och frågade.

"Du ser inte ut som om du kommer från Watford, är du här på besök?"

"Du har helt rätt, jag kommer från Göteborg och ska besöka ett företag som har sitt kontor på Regus kontorshotell uppe vid Claredon Road."

"Vilket sammanträffande, då träffs vi imorgon också, jag jobbar som receptionist där. Jag heter Mandy förresten. Vilket företag ska du besöka?"

"Jag ska besöka Brian Jones på Medella."

"Jaså, den killen", sa hon med ett visst ogillande i rösten.

"Vad jobbar du med?"

Intressant kommentar, hon verkade inte speciellt förtjust i Brian men det var uppenbart att hon skämdes för sin väl spontana och avslöjande kommentar.

"Inga spännande arbetsuppgifter är jag rädd, jag ska hjälpa till med bokföring", sa Bror urskuldande då han själv inte upplevde ekonomi som speciellt spännande.

"Ja ekonomi är inte min specialitet, kanske att spendera pengar i så fall", sa hon med ett rungande skratt. "Jag trodde inte ekonomer gillade rock."

"Jag gör det och har faktiskt själv spelat i ett hårdrockband för några år sedan."

"Du kanske inte är helt hopplös ändå, vad gillar du för musik?"

Det blev en trevlig diskussion om musik och olika band och efter ett tag kom även några av Mandys kompisar med i samtalet. Stämningen blev trevlig och efter en stund så hade nog hans tråkstämpel som affärsman och ekonom suddats ut. Så en bit in i kvällen kände han att han vågade ställa frågan han sugit på ett tag.

"Varför var du så avogt inställd till Brian?" frågade han.

"Jaha du upptäckte det. Jo han är lite väl flörtig och påträngande för min smak. Känner mig inte helt bekväm i hans närhet. Men du måste lova att inte säga något till honom."

Märkligt, ytterligare en kvinnotjusare. Men ofta var det ju så, man anställer personer som är lika en själv så det var kanske inte så konstigt om Mark och Brian hade vissa likheter.

Bandet började spela så diskussionen avbröts och stämningen blev allt bättre. Ett antal öl bidrog ju alltid och bandet var riktigt bra. Men Bror kände sig ganska sliten och det verkade inte bli något mer tillfälle till att fortsätta efterforskningarna ring Brian så han bestämde sig för att bryta upp.

"Vi ses imorgon", sa Bror och lämnade puben för att ta sig tillbaka till hotellet.

Brian hade fortfarande inte hört av sig men Bror hade lämnat ett sms-meddelande om att han skulle komma på onsdag så han hoppades att Brian skulle dyka upp imorgon.

Att resa tar på krafterna och han somnade nästan direkt när han kom till sängs.

12

Watford
Onsdag vecka 2

Visserligen onyttig, men det gick inte motstå en riktig engelsk frukost med bacon, ägg, vita bönor och en fettdrypande korv. Hade man även erbjudit black pudding och haggis hade Bror varit i himmelriket. Tur att man inte bodde på hotell alltför ofta, det skulle vara förödande för hälsan tänkte Bror när han skyfflade in den sista korvbiten.

Så iväg till kontoret, det vara bara en fem minuters promenad och låg på samma gata som hotellet. Han hoppades att han skulle kunna få en nyckel till kontoret direkt, om inte så fick han vänta på ekonomikonsulten, hon hade en egen.

Väl framme möttes han av sin bekantskap från puben kvällen innan. Han kände knappt igen henne nu när hon var klädd i Regus kontorsuniform och inte den privata stil hon visade upp kvällen innan.

"Hej, då ses vi igen", sa hon med ett leende.

"Har Brian dykt upp än?" frågade Bror.

Mandy ringde på kontorsnumret men fick inget svar. Efter en kortare diskussion ringde Bror upp kontoret i Sverige som gick i god för att han skulle få kvittera ut ett passerkort. Hon berättade även att Brian oftast var på resande fot men att han var på kontoret ett antal dagar i månaden. I samband med dessa brukade också ekonomikonsulten komma in, vanligtvis varannan vecka.

"Vet du om Brian brukar umgås med någon annan på

kontorshotellet?" undrade Bror.

"Han brukar gå ut på lunch tillsammans med personalen på två mindre företag på samma våningsplan, Moutech och Triniton. De är på plats bägge två, du hittar deras kontor enkelt när du kommer upp på plan tre."

Kontoret var relativt stort. I rummet skulle enkelt fyra personer kunna sitta utan att trängas. Idag var det möblerat med två skrivbord och ett konferensbord. Det fanns en mindre kombinerad kopieringsmaskin och färgskrivare kopplad till nätverket. Det fanns inga datorer i rummet men däremot dockningsstationer för bärbara datorer vilket även var vanligt på huvudkontoret i Göteborg.

Längs ena långsidan stod ett antal bokhyllor fyllda med pärmar. En rad var uppenbart verifikat relaterade till bokföringen, de övriga ett antal kundpärmar. Förhoppningsvis även potentiella kunder som man bearbetade, tänkte Bror.

Bror kopplade upp sin dator och anslöt sig till huvudkontorets datanät. Han kollade upp status kring bokslutet och sina mejl medan han väntade på Brian och Jane. Han hoppades kunna gå igenom en del av kundpärmarna efter mötet.

Jane dök upp på klockslaget nio. En typisk engelsk tjej, påminde om en äldre Hermione från Harry Potter filmerna, obestämbar ålder men någonstans mellan 30 och 40 år.

Hon berättade att hon fortfarande inte fått kontakt med Brian och trodde inte han skulle dyka upp. Bror hade också försökt ringa hans nummer men inte kommit fram. Bror undrade om man hade hans privata adress i lönesystemet så man kunde kontakta honom i hemmet. Jane berättade att Brian inte var anställd utan arbetade som inhyrd konsult.

"Är Brian inte anställd?", sa Bror med uppriktig förvåning i rösten.

"Nej, han finns inte registrerad som personal på Medella."

"Jag förstår. Har du letat efter honom i telefonkatalogen eller på nätet?" undrade Bror.

59

"Jo, jag försökte, men Jones är en av Englands vanligaste efternamn och det finns många Brian Jones. Tre av dessa var skrivna i Watford och de har jag faktiskt ringt, men ingen arbetar på Medella."

Att nå Brian via sökning på nätet verkade mer eller mindre meningslöst så man beslöt sig för att börja gå igenom de verifikat som Jane ville ha hjälp med. Förhoppningsvis skulle väl Brian dyka upp även om det verkade allt mer osannolikt.

De flesta verifikaten kunde Bror reda ut med den kunskap han hade om företaget. Man hade en mycket detaljerad bokföring och redovisning och det mesta handlade om att klargöra vilket konto kostnaden skulle bokföras på. Endast vid ett fåtal tillfällen behövde Bror ringde tillbaka till huvudkontoret för att få hjälp.

Det här hade man utan problem kunnat hantera från Göteborg om man fått verifikaten inskannade. Men nu var ju tanken att han skulle kombinera detta med att få träffa Brian, vilket ju inte blivit av.

När man gått igenom det mesta hade man ett fåtal krångligare fakturor kvar och Jane hade ett ärende över lunch som man kom överens om att träffas vid två på eftermiddagen för att göra klart avstämningen.

Bror passade på att gå över till Moutech och Triniton för att se om han kunde få sällskap till lunch och om han kunde luska fram mer information om Brian.

Det visade sig finnas inne två killar på Moutech och en tjej på Triniton. De skulle äta lunch tillsammans och bjöd in Bror att göra dem sällskap.

De vara mycket fotbollsintresserade och eftersom Norrköping kvalat in till Champions league och hamnat i samma grupp som Manchester City blev det ett naturligt samtalsämne. Bror var inte så intresserad men kunde hänga med i diskussionen och även svara på deras nyfikna frågor om det svenska laget.

Sällskapet hade bara gott att berätta om Brian och bekräftade att han reste en hel del och att han oftast var inne ett fåtal dagar ungefär varannan vecka. Samma information som han fått från receptionisten.

En av killarna nämnde dock att det varit en man på besök och att han och Brian haft ett mycket hetsigt samtal inne på kontoret för cirka tre veckor sedan. Han visste dock inte vem det var och när han frågade Brian vad grälet handlade om hade han viftade bort det.

När Bror var tillbaka på kontoret passade han på att gå igenom en del av kundpärmarna. De var mycket bra organiserade och innehöll både dokumentation om möten och telefonkontakter samt avtal och anteckningar. Det var ju precis sådan här information som skulle läggas in i kunduppföljningssystemet som Bror skulle utreda och förhoppningsvis föra in.

Han reflekterade över att det här var första gången som han hittade ordning och reda inom säljarbetet. I övrigt tyckte han att alla stenar han vände på bara öppnade upp för nya frågor. Mark var försvunnen, nu även Brian. Brian var dessutom inte anställd och man hittade inga uppgifter om var han bodde eller hur man skulle nå honom annat än via mobiltelefonen.

Jane var tillbaka strax före två och man arbetade igenom ytterligare ett antal fakturor och hade sedan två stora fakturor framför sig som man inte kunde klargöra. Fakturorna kom från Brontel Ltd och Armintag Ltd.

Man gick tillbaka i bokföringen och hittade ett flertal fakturor från samma företag. Fakturorna från Armintag kom varje kvartal och hade gjort så de senaste två åren. Fakturorna från Brontel kom varje månad sedan sex månader tillbaka.

Jane berättade att Brian bokfört dessa själv och att de bägge konterats som konsultkostnader.

"En av dessa kanske är arvode för Brian. Fakturorna från Brontel stämmer ju överens med den period som Brian varit här som platschef", sa Bror.

"Kanske, men i så fall också något mer för beloppet är alldeles för stort för bara konsultarvoden. Alternativt har han en

oförskämt bra ersättning", kommenterade Jane med ett skratt.
"Jag ringer upp Fredrik och rådgör kring dessa."

"Jag måste åka vidare så du kan väl mejla mig hur vi gör med fakturorna så korrigerar jag bokföringen och skickar upp avstämningen till er."

När Jane lämnat kontoret ringde Bror upp Fredrik. Det var ju ett antal frågor som måste redas ut. Hans sekreterare svarade och berättade att han inte var tillgänglig, han hade åkt iväg på något brådskande och var inte tillbaka förrän på fredag. Så eventuella frågor fick tas upp då.

Bror tittade igenom några kundpärmar till, ringde därefter Jane och meddelande att han skulle återkomma först på fredag. Sedan gick han ner till receptionen och stötte på nytt ihop med sin bekantskap från kvällen innan.

"Vi verkar ha ett problem, Brian är försvunnen. Har du märkt något konstigt med Brian den sista tiden?" undrade Bror.

"Nej inget speciellt men jag är ju inte här hela tiden, jag arbetar också på vårt andra kontorshotell här i Watford. Men om du kommer förbi imorgon kan du kolla med mina kollegor."

"Jag gör så, ha en trevlig kväll."

13

London
Torsdag vecka 2

Så satt han då på tunnelbanan på väg in till London. På morgonen hade han gått förbi kontoret och pratat med receptionisten.

Hon kände inte till några besök från Sverige. De enda besök hon visste om var Jane som kom förbi varannan vecka. Bror hade undrat om hon noterat något speciellt med Brian men hon kunde inte komma på något. Men precis när han skulle gå kom hon ihåg en man som ringt för cirka en månad sedan och sökt Brian ett flertal gånger. Han hade varit mycket irriterad och hon upplevde honom som nästan hotfull.

Bror undrade om hon noterat hans namn och efter lite bläddrande i sin anteckningsbok nämnde hon namnet Peter Harrow. Det lät bekant på något sätt, men han kunde inte placera det. Han tog även upp det påstådda grälet som han fått berättat av lunchsällskapet dagen tidigare men hon hade inga noteringar om något besök till Brian den aktuella dagen.

Bror hade gått upp och gjort kopior på de fakturor som han skulle diskutera med Fredrik på fredag och lämnade sedan kontoret.

Nu hade han förmiddagen ledig och skulle passa på att besöka ett antal favoritställen inne i London. Men han kunde inte riktigt koppla av. Borde man polisanmäla att Brian var försvunnen.

Men vem skulle man anmäla försvunnen, man hade ingen adress utan endast ett telefonnummer. Han beslöt sig för att vänta och ta upp detta med Fredrik morgonen efter, eller skulle han ta upp det med den söta polisinspektören i Göteborg. Det kändes som en bra idé, henne ville han gärna träffa igen. Dessutom irriterade det honom att han inte kunde placera namnet Peter Harrow.

Bror fick en trevlig dag i London. Han besökte Lonely Planet som var en favoritbokhandel och även klädesaffären Primark vilken hade billiga och bra kläder. Det var skoj att kunna köpa kläder som var annorlunda än det utbud som fanns överallt hemma i Sverige.

Till lunch besökte han en pub och beställde in steak and kidney paj, en favorit som han var ganska ensam om att uppskatta. Även många engelsmän valde idag bort den traditionella engelska maten.

Vid tidningskiosken var ett avskedande av en känd engelsk företagsledare den stora nyheten på löpsedlarna. Då slog det honom, hade inte Erik berättat att platschefen som fick sparken hette Peter någonting. Kunde det vara den Peter som ringt? Det här måste han undersöka när han kom hem.

Efter lunch var det så dags att åka ut till Heathrow. Tunnelbanan var billig och bra men resan långsam. Men det var alltid lika roligt att sitta och studera människor på tåget. Att spekulera i vad de gjorde till vardags, varför vissa var spralligt glada och varför andra var dystra. Vad i deras liv hade format de till den de var idag. Lika intressant varje gång.

På flygplatsen checkade han in på en automat. Inne på avresehallen gick han runt i taxfree och köpte sig en malt whiskey som han inte sett tidigare. Han var ingen stor konsument men ett glas riktigt rökt whiskey på fredag eller lördag kväll var alltid trevligt.

Han gick även förbi presentshoppen och valde ut några små presenter till syrran, mamma och pappa. När han stod där vid kassan tittade han på vykorten och kom ihåg att det var något han noterat med vykortet från kusinen som mamma fått.

Var det inte så att vykortet var poststämplat i Sverige trots att det kom från Peru. Han måste ringa mamma och kolla upp det när han kom hem. Kändes viktigt även om han inte riktigt förstod varför.

14

Medella
Fredag förmiddag vecka 2

Bror och Fredrik kom till kontoret nästan samtidigt. Fredrik var mycket nyfiken på resan och drog med Bror in på kontoret på en gång. Han undrade direkt hur avstämningen av ekonomin låg till. Det kändes konstigt att han frågade om ekonomin det första han gjorde, var inte problemet med att även Brian var försvunnen mer kritiskt.

"Måste vi inte först bestämma hur vi ska hantera att Brian är försvunnen?" undrade Bror lite försiktigt.

"Ursäkta, javisst han har alltså inte dykt upp. Har ni försökt hemma hos honom?"

"Nej vi har inga uppgifter om hans hemmanummer, han arbetar ju som konsult."

"Va?"

"Visste du inte det?"

"Jo, javisst så var det ju. Jag glömde bort det, det har ju varit Mark som hanterat det", sa han efter en liten väl lång paus. Men Bror var övertygad om att han varit förvånad. Kan det vara så att han inte kände till det och varför ville han i så fall inte erkänna att han inte kände till det.

"Jag undrar, borde vi inte polisanmäla Brians försvinnande också. Jag funderade på att göra det nere i London men visste inte riktigt hur jag skulle hantera det. Hur polisanmäler man en man som man inte vet var han bor? Vad tycker du vi ska göra?"

"Vi kanske ska ta upp det med den här svenska polisinspektören så får hon hjälpa oss med det. Vad tror du?" sa Fredrik.

"En bra ide, jag ringer upp henne." En anledning att ringa Eva tänkte han inte missa.

"Ursäkta min okänslighet men hur var det nu med fakturorna?"

Bror berättade om arbetet han och Jane genomfört och sa att han hade med sig två fakturor som han måste få Fredriks hjälp med. Fredrik var nöjd och tog emot fakturakopiorna.

"Den här kan ni bara betala, den är helt okej", sa han och lämnade tillbaka Armintagfakturan.

"Jaha, men vad är det för något? summan är ju ganska stor."

"Det behöver du inte veta, kontera den som konsultkostnader och betala den bara, jag attesterar den."

"Men den här vet jag inte vad det är", sa Fredrik och höll upp Brontel fakturan.

"Vi noterade att den kommit in varje månad de senaste sex månaderna vilket ju stämmer överens med den tid Brian jobbat för oss. Vi undrade om det kan vara hans arvode?"

"Summan är alldeles för hög, det måste vara något annat. Den här måste vi utreda bättre", sa Fredrik med en bekymrad min.

"Den förfaller ju imorgon, ska vi betala den eller inte? Vi kan ju låta bli att betala och vänta tills man hör av sig med en påminnelse men vi kanske ska reservera oss för kostnaderna i bokslutet", sa Bror.

"Vi håller den här vid sidan om tills vidare och så tar vi ett nytt beslut när vi ser hur den påverkar bokslutet. Jag ska fråga runt hos de andra säljarna så länge."

Bror lämnade kontoret med en olustig känsla. Fakturan från Armintag kändes inte helt bra, men Fredrik hade ju tagit beslut om att den skulle betalas så det var ju egentligen inte Brors bekymmer. Han undrade om han borde rapportera detta till styrelsen eller inte.

Men det beslutet fick vänta, nu skulle han ringa till Eva och prata igenom nästa försvinnande.

Bror stötte ihop med Fredrik på väg till lunch och berättade att han pratat med polisinspektören och skulle träffa henne direkt efter lunch. Fredrik tyckte det var bra även om hans kroppsspråk inte riktigt sa samma sak.

Det hade varit ett märkligt samtal nu på förmiddagen. Kunde verkligen Brian arbeta som konsult utan att Fredrik kände till det och den där fakturan tålde tydligen inte att synas i sömmarna. Mellan raderna hade han ju fått besked om att inte lägga sig i. Men som sagt, Fredrik attesterade och problemet var ju inte längre hans. Men så hade han ju sitt sidouppdrag från styrelsen också. Det här fick han fundera igenom i lugn och ro.

15

Polishuset
Fredag eftermiddag vecka 2

Man hade fokuserat på att följa upp spåret mot Norge under veckan. Eva hade rest dit och besökt återförsäljarna och även en del av de större kunderna.

Alla gav samma besked. Man hade inte träffat Mark på många år men han höll bra kontakt via e-post och telefon. Att det skulle finnas andra potentiella kunder som inte återförsäljarna hade koll på som Mark bearbetade hade man avfärdat som väldigt osannolikt.

Telefonen var ju avstängd och kreditkorten var inte utnyttjade någonstans på vägen till eller i Norge så man hade ingen aning vad han gjort där.

Så utredningen stod och stampade, minst sagt. Eva kom inte vidare och det var rejält frustrerande. IT-avdelningen hade meddelat att man fortsatte spåra Skype-samtalen via de anonymitetsservrar som använts men hade inget genombrott ännu. Han var verkligen en man svår att få grepp om, han höll sig avsiktligt undan på ett både medvetet och skickligt sätt.

Om en timme skulle konsulten på Medella komma in för ett samtal. Han hade ringt strax före lunch och mumlat något om ytterligare ett försvinnande, men i England den här gången. Han hade tydligen annan information också. Det lät nästan som om han lekte privatdetektiv och den utvecklingen gillande hon inte.

Men hon kom inte vidare med försvinnandet av Mark så det

kunde ju aldrig skada att lyssna på honom. Dessutom gillande hon honom även om det privata spåret fick vänta tills utredningen var klar.

Strax före ett ringde man från receptionen och sa att hon hade ett besök som väntade. Eva satt i ett samtal så hon bad en kollega gå ner och hämta honom.

Efter några minuter kom han tillbaka och nämnde att han placerat besöket i konferensrummet och undrade retsamt om hon ville att de skulle dra för gardinerna till rummet.

Det var ett evigt kommenterande kring hennes tilltänkta pojkvänner och eventuella dejter. Ibland för mycket men oftast på en lagom och trivsam nivå. Men nu markerade hon tydligt att de gick väl långt.

Hon gick bort till konferensrummet och stoppade bara som hastigast in huvudet och undrade om han ville hänga med och hämta kaffe, vilket han accepterade.

Väl tillbaka i konferensrummet höll Eva en avvaktande attityd och undrade avmätt efter ett tag vad han nu hade för funderingar.

Han uppfattade inte hennes lite reserverade inställning utan gick igång för fullt och berättade om Brian som var försvunnen, skvaller från kontoret, de konstiga fakturorna, kommentaren från tjejerna i reception, informationen om samtalen från Peter Harrow. Ja allt kom som i en strid ström, det var svårt att skilja det ena från det andra.

"Jag tycker mig ana en privatdetektiv i allt ditt funderande?" sa Eva spydigt.

"Nej inte alls" sa Bor men hejdade sitt ordflöde en aning.

"Det dyker bara upp så mycket konstigt att jag måste få diskutera med någon och du är den första som lyssnar. Jag vet inte vem jag ska ta upp alla funderingar med?" sa Bror defensivt och kände att han rodnade en aning, vilket kändes minst sagt besvärande.

"Ja förstår, men en hel del av det du berättar har jag inte med att göra, kan vi lugna ner oss en aning och ta det steg för steg", sa Eva och lättade lite på sin tidigare kritiska attityd.

70

"Fokusera nu på det som kan ha med Marks försvinnande att göra. Om det finns oegentligheter på Medella får du nog hitta en annan samtalspartner att dryfta de teorierna med."

Bror samlade ihop sig och gick igenom sina noteringar på nytt. Eva insåg att det inte fanns så mycket nytt som hjälpte henne vidare i fallet med den försvunne Mark även om hon höll med om att det dök upp många obesvarade frågor för varje sten man vände på i företaget. Men som sagt inget som gav henne någon ny tråd att spinna vidare på. Därefter dog samtalet ut, det fanns inte mycket att lägga till utan Eva samlande ihop sig för att bryta mötet.

"Det var en sak till" sa Bror då han var på väg ut från rummet.

"Du tycker säkert att jag är en aning knepig med förra helgen när jag var hemma hos mina föräldrar hade mamma fått ett vykort från sin kusin som är på semester i Peru. Det intressanta var att vykortet var poststämplat i Sverige. De hade använt sig av postens tjänst "Riktiga vykort" vilket innebär att man kan ladda upp sina bilder till nätet och sedan begära att fotot ska skickas som vykort. Jag insåg inte detta förrän igår på Heathrow."

"Jaha, det var ju intressant, men vad har det med vårt försvinnande att göra?" sa Eva undrande med ett roat leende.

"Jo, jag tänkte på att vykorten som Mark skickat hem till sin fru som så kallade bevis för sina tjänsteresor inte är värda något, han kan ju ha varit var som helst och bara laddat upp bilder från Norge och skickat dessa. Ni har ju inte hittat några spår av honom på vägen upp till Norge."

"Nej nu springer nog din fantasi iväg, läser inte du väl många detektivromaner", sa Eva med ett skratt.

Bror kände sig rejält avspisad och var inte alls nöjd med sitt besök, det hade inte utvecklat sig som han hoppats. Dessutom hade han inte kommit vidare med hur han skulle hantera att Brian var försvunnen. Det hade han glömt ta upp. Men det fick vänta till nästa vecka.

71

Men han tyckte han gjort så gott han kunnat och nu skulle ha ta helg och försöka tänka på annat.

16

Fredbergsgatan
Lördag vecka 2

Bror hade sovit oroligt hela natten. Medella, Mark och Brian hade vandrat runt i hans drömmar av och till. Det skulle inte bli enkelt att fokusera på något annat under helgen även om han bestämt sig för det.

Han vaknade tidigt och beslöt sig för att lägga lite tid på internet och undersöka den där killen som Myrans pojkvän pratade om, han som fick sparken. Det fick bli lite privatdetektivarbete, trots Evas nedvärderande kommentarer. Det var ju inte hans jobb men för hans egen sinnesfrids skull, måste han skaffa sig klarhet kring detta.

Klockan var dock bara drygt åtta på morgonen så det var alldeles för tidigt att ringa till syrran. Hon hade alltid varit lite av en sjusovare så han fick hitta på något annat just nu.

Det var kyligt ute, men himmeln var klarblå och vädret var strålande vackert. En uppfriskande lång promenad skulle göra honom gott.

Han bestämde sig för sin favoritrunda. Upp runt slottsskogen och sedan ner till Haga. En kaffe på något trevligt fik och sedan tillbaka till lägenheten. En sträcka om cirka sex kilometer. Med en fikapaus borde han vara tillbaka vid halv elva. Då skulle han kunna ta en dusch och sedan framemot elvatiden skulle han kunna ringa hem till syrran utan att skämmas även om han troligtvis väckte de två. Förutsatt att Erik sov lika länge som hans älskade syster brukare göra.

Det kändes bra med en rask promenad. Det vackra vädret och den friska luften avledde hans väl stora fixering kring Medella. Så här tidigt på morgonen var det inte många som var ute, mest hundägare med sina hundar, annars var det lugnt och skönt.
Efter en dryg halvtimme var så Bror på väg ner mot Haga. Hans raska promenadtakt hade gjort honom varm och han insåg att den där duschen han planerat nog skulle var en nödvändighet när han väl kom hem.
Affärerna hade precis öppnat när han kom in i Haga, de som öppnade vid tio vill säga. Många öppnade först senare under dagen.

Jacobs kafé på Haga Nygata var öppet och ett depåstopp som Bror ofta använt sig av. Han beställde en stor latte och en ostfralla och satte sig ner för att pusta ut, ta det lugnt och titta på människor som rörde sig runt Haga.
Så upptäckte han en bekant längst inne i lokalen. Där satt Medellas vd Fredrik i samspråk med en ung tjej. Samtalet var intensivt och det var uppenbart att de två inte var överens, snarare rejält irriterade på varandra. Tjejen reste sig hastigt upp och lämnade kaféet i affekt. Skönt att Fredrik inte noterade honom där han satt tänkte Bror. Han undrade vem det var han pratat med?
Men så kom han ihåg Evas ord om hans livliga fantasi. Nu fick han skräpa sig. Det här hade han inget med att göra och skulle heller inte fundera vidare på.

Han gick sakta tillbaka genom Haga, tittade in i en del favoritaffärer, studerade skyltfönster, ja varvade ner helt enkelt.
Väl hemma tog han en lång dusch och ringde sedan Myran och frågade efter hennes kille. Förvånad lämnade hon över telefonen till Erik. Han bekräftade att den avsatte platschefen hette Peter Harrow men han hade inte så mycket mer att berätta

än det han redan sagt på middagen.

Han skivade upp en kryddig korv och gjorde en snabb omelett. Därefter en kopp kaffe att ha med vid datorn när här skulle efterforskas ring Medellas förre platschef. Träff vid första försöket. Peter Harrow fanns upplagd på Linkedin med bild och karriär prydligt dokumenterat. Han var utbildad psykolog och hade arbetat på ett antal stora sjukhus innan han gick över till Medella. Beskrivningarna över hans olika arbetsplatser var ödmjuka och kändes både rimliga och sanningsenliga. Men det kunde man ju givetvis inte lita på, när man skriver själv så kan man ju profilera sig hur man vill. Det finns ju ingen granskning som ifrågasätter det som beskrivs.

Hans nu aktuella arbetsgivare var ett företag med namnet Medicon Center och hans titel var Senior rådgivare. Kunde i princip innebära vad som helst.

En sökning på Medicon Center gick till en hemsida med en ganska allmänt hållen beskrivning av de tjänster företaget erbjöd. Bror fick en känsla av att detta kunde vara ett företag med bara en anställd. Sin misstanke fick han bekräftad när han slog upp företaget på webbsidan CompanyCheck där Peter stod angiven som ägare. Företaget hade bara en anställd.

Nästa sökning var på Google. Även här fick han ett stort antal träffar. Träffarna kunde sorteras in i tre grupper, innan Medella, under Medellatiden och efter Medella.

I första gruppen fanns ett stort antal artiklar. Artiklarna var debattinlägg från Peter där han kritiserade den befintliga sjukvården och hävdade att man inte gjorde tillräckligt för autistiska barn. På kommentarerna fanns en del som höll med men även kommentarer som kritiserade hans utspel. Han verkade vara en person som rört upp känslor på många håll.

I nästa grupp fanns alla artiklar relaterade till Medella. Artiklarna var överlag mycket positiva och många lovordade Medellas produkter och den hjälp dessa kunde ge. Några bilder fanns även med Peter som skakade han med sjukhusdirektörer i samband med avtalstecknanden. Överlag bara positiva artiklar relaterade till Peter och hans tid på Medella.

I den tredje gruppen fanns ett antal artiklar relaterade till Peters avsked från Medella. Många kopplade ihop detta med hans tidigare utspel före Medellatiden och man fick intrycket av att han fördes ut i kylan av branschen. Han hade även fått in ett antal artiklar där han kraftigt ifrågasatte Medellas agerande och att han blivit utsatt för en komplott. Men de enda kommentarerna kring detta ifrågasatte Peters eget agerande och anklagade honom för att vara en dålig förlorare.

Efter ytterligare letande fick Bror fram ett bokslut på Peters bolag och det var uppenbart att om han inte hade ytterligare något annat uppdrag så gick ekonomin nog knappast ihop.

Jaha tänkte Bror, det var minsann en intressant läsning, en berg och dalbana utan dess like. Vad var sant, vad var rykten och kunde detta ha någon påverkan på försvinnandet av Mark och Brian. Men efter det senaste mötet med Eva kände inte Bror för att ta upp detta på nytt. Han hade ju blivit rejält tillrättavisad av henne så att komma med nya teorier var nog inte bra i dagsläget.

Bror fick så en idé till. Han hade ju hittat en webbsida där man kunde få fram grundläggande uppgifter om företag så han sökte även på Brontel och Armintag, företagen med de konstiga fakturorna. Han fick fram ansvariga på bägge företagen men inte mycket mer. Han fick rota vidare i detta när han kom till jobbet på måndag.

17

Polishuset
Måndag vecka 3

Eva var på kontoret först av alla. Helgen hade inte varit bra och sömnen natten mot måndag rent bedrövlig. Hon hade dåligt samvete för hur hon spisat av Bror vid hans besök i fredags. Visserligen hade hon väl rätt i att tala om för honom att han inte skulle leka privatdetektiv men samtidigt så kom hon ju själv inte vidare i ärendet. Nu på morgonen insåg hon att hon kanske trots allt skulle följa upp en del av Brors vilda spekulationer. Bättre än att inte göra något alls.

Hon ringde till Marks sambos mobiltelefon och hon svarade direkt.

"Har ni hört något?" sa hon med både oro och skräck i rösten.

"Nej, tyvärr inte, men jag undrar om jag kunde få träffa dig idag, jag har lite kompletterande frågor?" sa Eva.

Det visade sig att hon var hemmavid, hon var sjukskriven på grund av oron för Mark och Eva var välkommen om en halvtimme. Eva insåg att det skulle passa bra med en promenad bort till Johanneberg, skönt att få frisk luft på vägen tänkte hon och gick iväg.

Eva vandrade Skånegatan söderut, förbi Korsvägen med alla sina trafikfiler, bussar och spårvagnar. En mardröm för alla bilister och ett tvunget mandomsprov för alla som skulle ta körkort i staden. Sedan vidare upp mot Johanneberg via Eklandagatan. Eva märkte att hon vandrat på i raskt takt och var tvungen att dra ner på tempot innan hon kom fram till Marks villa.

Malin mötte Eva i dörren och man kunde se att försvinnandet tagit hårt på henne. Hon var blek, hålögd och såg inte ut att må speciellt bra. "Hur mår du, har du någon som stöttar dig?" frågade Eva oroligt.

"Jo det går an, Linda bor ju hemma och Daniel har flyttat hem för att stötta mig, vilket känns bra. Vi har precis satt på kaffe, så du kan väl komma in och göra oss sällskap", sa hon med en välkomnande gest.

Inne i vardagsrummet satt Linda och Daniel bredvid varandra i soffan. Eva satte sig i en av fåtöljerna och Malin i den andra. Det blev en pinsam tystnad och Eva visste inte riktigt hur hon skulle få igång en bra dialog. Malin bjöd på kaffe, vilket bröt dödläget, varpå Eva bad barnen berätta om sin pappa.

De berättade i princip det hon redan hört att pappa varit på resa varannan vecka men att han när han jobbade hemma i Göteborg alltid spenderade mycket tid med familjen. Återigen fick hon samma känsla som förra gången att de inte riktigt berättade hela sanningen. Men hon visste inte hur hon skulle kunna gå vidare med sin misstanke.

"Var det okej att han alltid var borta vissa veckor?" frågade hon och vände sig till ungdomarna.

När de väl fick börja berätta visade det sig dock att visst hade det fungerat bra och visst hade de haft en pappa som varannan vecka spenderade mer tid än de flesta kompisars familjer hemmavid. Men samtidigt hade det varit tråkigt att han inte var hemma när man vunnit en fotbollsmatch, när man fick alla rätt på skrivningen eller när pojkvännen gjort slut. Då fick man spara dessa upplevelser tills när han kom hem vilket inte riktigt var samma sak.

Så kvalitetstid varannan vecka var kanske inte tillräckligt, det gällde att vara där i nuet också vilket han inte alltid varit. Eva tänkte på sin egen familj där både mamma och pappa alltid varit tillgängliga och insåg att den lyxen inte gällde alla.

Hon undrade hur det kunde komma sig att de inte anmälde honom som försvunnen förrän på tisdagen, borde han inte kommit hem redan på fredagen.

Malin berättade att han stundtals var dålig på att höra av sig. Ibland hade jobbet dragit över tiden, ibland hade han stannat hos någon kompis och fiskat på vägen hem. Det var inte helt ovanligt att han inte kom hem som avtalat och att han blev någon dag sen. Ofta hörde han dock av sig, men ibland kom han inte åt wifi för sina Skype-samtal och hans mobiltelefon hade krånglat en hel del sista veckorna.

Konstigt tyckte Eva. Om hon flyttade ihop med någon och han reste i den omfattning som Mark gjort hade hon blivit skitsur om han inte kom hem som överenskommet på fredag. Men alla var olika och det verkade inte som om förseningar var speciellt ovanligt. Malin hade troligen vant sig efter några initiala besvikelser. Jag skulle nog slängt ut honom om han inte skärpt sig tänkte Eva.

Eva undrade om man hade något fotografi av Mark som hon kunde få. Företaget hade inga aktuella bilder av honom vilket ju var ett problem när man hade en saknad person. Man hade använt ett gammalt passfoto som var sådär när man sökt honom på vägen upp mot Oslo. Men Malin och barnen bekräftade i mun på varandra att pappa varit närmast maniskt fotoskygg och det var helt omöjligt att få med honom på bild. Det var också märkligt tyckte Eva. Att man inte någonstans hade bilder på hela familjen kändes för henne helt främmande.

Eva insåg att hon inte kom vidare, trots att hon kände på sig att det var något som inte kom fram. Barnen verkade ha något att säga som de inte ville ta upp när mamma var med. Vid första besöket hade hon upplevt det bara med Daniel men nu upplevde hon samma sak med Linda. Hon skulle försöka prata med dem ensamma vid ett senare tillfälle. De var ju bägge myndiga så hon kunde ju prata med dem utan att mamman var med.

Så kom hon ihåg Brors hugskott om vykorten och frågade om hon fick titta på dessa en gång till.

"Javisst kom med till tavlan här borta.", sa Malin. Återigen stod så Eva framför denna enorma tavla fylld med vykort från olika delar av Europa men främst från Danmark, Norge och England. Hon tog ner ett och vände på kortet och precis som Bror spekulerat i var det poststämplat i Sverige. Hon tog ner några till och konstaterade att de alla var likadana. "Hur kan det komma sig att korten är poststämplade i Sverige?" sa Eva. "Vi använder alla den här tjänsten postens "Riktiga vykort" sedan ett antal år tillbaka. Det är väldigt praktiskt, man laddar upp sina bilder till internet och anger sedan adressen varpå Posten skriver ut bilden och skickar vykortet. Mycket smidigt, vi gör så vid jularna också. Billigt är det också." Så då kunde Brors vilda idéer stämma. Men varför skulle han bluffskicka vykort från Norge? Hade han en älskarinna någon annanstans som han besökte. Det skulle ju inte vara första gången det hände. Nu behövde man ändra sitt sökområde. Ja till vad då? han kunde ju vara var som helst i Sverige, ja till och med i ett annat land långt borta om han tagit flyget.

"Vad tänker du på?" sa Malin undrande.
"Nej inget speciellt" ljög Eva. "Hur länge har ni använt den tjänsten?"
"Vet inte, minst fem år skulle jag tro" sa Malin och tog ner några vykort som var en fyra fem år gamla och visade att de också var poststämplade i Sverige.
"Men inte varje gång, jag har några kort här med riktiga frimärken på också", sa hon och plockade ner några vykort från England. "Ibland fungerar ju inte internet så bra och då frankerar han med vanliga frimärken."

Det här var riktigt intressant, skulle hon be att få ta med hela tavlan tillbaka till polishuset för att gå igenom alla dessa vykort. Skulle det kunna ge en indikering till vilka resor som var riktiga och vilka som inte var det. Men hur skulle hon kunna göra det utan att avslöja sina misstankar. Det skulle krossa den stackars kvinnan om hon tog upp ämnet. Men kom man inte vidare så var hon nog tvungen att gå den vägen trots allt. Men inte just nu.

80

18

Medella
Tisdag vecka 3

Strax före åtta på morgonen ringde Brors mobiltelefon. Det var Eva från polisen. Han kände hur avvaktande han blev när han hörde vem det var.

"Jag måste be om ursäkt, för i fredags", sa Eva och Bror kände att han mjuknade.

"Jag skulle inte ha varit så avig mot dig som jag var. Även om jag fortfarande tycker att du inte ska leka privatdetektiv", sa hon.

"Är jag förlåten", la hon till med vädjan i rösten, när Bror inte svarande direkt.

"Självklart, men du ringde väl inte bara för att be om ursäkt", sa Bror med en betydligt gladare röst.

Eva berättade att hon besökt Marks familj och att hon konstaterat att de flesta vykorten var postens "Riktiga vykort" poststämplade i Sverige. Så även om hon tyckte det var långsökt fick hon erkänna att det skulle kunna vara en bluff för att ge sken av att han varit i Oslo.

"Förresten, har ni fått kontakt med Brian än?" sa Eva.

"Nej, han är fortfarande försvunnen, jag hade tänkt diskutera det med dig i fredags men tappade bort det. Kan du hjälpa oss. Vi vet inte hur vi ska hantera det mot polisen i England. Vi har ju bara hans namn, ingen adress och företaget som vi tror fakturerar hans tid får vi ingen kontakt med."

81

"Jag pratar med England så får vi se, skicka över informationen du har om honom och om företaget. Har du någon bild på honom?"

"Nej ingen bild, han har tydligen aldrig besökt Sverige, så ingen på kontoret har träffat honom."

"Kan du ringa kontoret i England och be dem skicka en bild eller beskriva honom så kan vi höras av i eftermiddag."

Det här kändes bra. Inte att både Mark och Brian var försvunna men att han återfått en bra dialog med Eva. Helt plötsligt kom han ihåg sina efterforskningar under helgen kring Peter Harrow men han tänkte nog ligga lite lågt mot Eva för att inte störa relationen på nytt.

Måndagen hade varit hektisk med massor med arbete kring den ekonomiska rapporten. Det hade inte funnits tid över till några som helst funderingar på varken Mark eller Brian. Fakturorna från Brontel och Armintag var stötestenar men Fredrik hade tagit beslut om att betala fakturan till Armintag men att inte betala den till Brontel och att bara reservera för halva beloppet i bokslutet. Personligen tyckte Bror att bägge var skumma men som sagt var det skulle han inte lägga sig i. Fredrik hade tagit besluten, det var inte längre hans problem.

Han kände sig på riktigt bra humör, troligtvis beroende på samtalet från Eva, men också att rapporten nu var klar och att han kunde varva ner en aning.

På kontorshotellet i England svarade en bekant röst. Han kände direkt igen sin bekantskap från puben, Mandy. Han presenterade sig och frågade om man hade någon bild på Brian.

Man hade inga bilder på Brian men hon kunde ge ett ganska bra signalement som Bror tecknade ner. Han var djupt imponerade av hennes förmåga att beskriva honom, en förmåga som han själv totalt saknade. Han skulle inte kunna ge ett signalement på en brottsling även om han stått och tittat på honom i flera minuter. Han frågade även om hon träffat deras representant från Sverige, Mark någon gång.

"Det var en kille här från Sverige för några veckor sedan som frågade efter Brian och sedan gick de iväg ut på stan. Det var förmodligen Mark, men jag vet inte för han presenterade sig aldrig."

"I nästa vecka är det ett intressant band på The Horns som jag tror du skulle gilla. Ska du inte komma hit då och göra oss sällskap?"

"Ja kanske det, det är inte omöjligt, jag hör av mig", sa Bror och tänkte att nu leker livet igen. På god fot med Eva och en möjlig dejt med receptionisten i Watford. Inte tokigt alls. Efter fredagen hade han känt sig nedstämd men det krävdes bara två samtal, från två tjejer, för att det skulle se ljust ut igen.

Eva ringde tillbaka efter lunch och meddelande att hon efterlyst Brian hos polisen i Watford. Men de hade varit allt annat än positiva. Signalementet hade visserligen varit ganska detaljerat men kunde stämma in på väldigt många män. Brian Jones var ett mycket vanligt namn i England med fler än 4000 noterade i telefonkatalogen. Inte heller fanns det någon efterlysning på någon Brian Jones. Han var inte saknad och han var märkbart svår att hitta.

Eva hade även bett polisen om hjälp med företagen Brontel och Armintag. Men hon fick inget gehör. Man var rejält upptagna och hade ingen lust att prioritera detta minst sagt udda ärende från Sverige. Hon fick reda på att företagen stod på en Alvin Jones och en Peter Stock, vilket ju Bror redan kände till.

Bror kände fortsatt att bägge fakturorna var lite skumma. Han hade ju trots allt i uppdrag att i hemlighet leta efter eventuella oegentligheter också. Det var märkligt att Fredrik attesterat den ena och bett Bror att inte undersöka den. Det här måste han bara luska vidare i, dock försiktigt, han måste göra detta utan att Fredrik fick nys om det.

Eva tog på nytt upp frågan om vart Mark kunde ha rest om han inte åkt till Norge den aktuella veckan. Hon undrade försiktigt om Bror skulle kunna undersöka det lite diskret.

"Men jag skulle ju inte leka privatdetektiv?" sa Bror

skämtsamt indignerad.

"Ja men nu är det ju jag som ber dig, så nu blir det ju nästan ett riktigt polisärende", sa Eva och skrattade.

"Ja chefen", sa Bror med vad han hoppades skulle uppfattades som en trevligt ironisk kommentar och avslutade samtalet.

Som sagt var, nu kändes det riktigt bra igen.

19

Medella
Onsdag vecka 3

Bror hade vaknat på mycket bra humör denna morgon. Nu skulle han leka detektiv hela dagen om möjlighet gavs. Sprudlande av energi hade han varit först av alla på kontoret och bestämt sig för att gå igenom Marks reseräkningar till att börja med.

Eftersom han nu var tillförordnad ekonomichef var det inget konstigt att han undersökte bokföringsposter och verifikat. Han plockade fram Marks reseräkningar för det senaste halvåret. Han hade tydligen haft som vana att sammanställa sitt resande månadsvis. Så det var ett antal omfångsrika reseräkningar som skulle granskas.

Dessa verifierade bara vad som redan sagts. Det fanns flygbiljetter och hotellräkningar i England var sjätte vecka. Det fanns dessutom reseräkningar för resor till Norge och Danmark med traktamente men inga hotell vilket var förvånande. Det måste han fråga kollegorna om.

Till Norge och Danmark använde han sin tjänstebil så där fanns inga specifika kvitton utan dessa låg som egna poster på bilens bensinkort.

När tjejerna på supporten kom in frågande han varför det inte fanns hotellkvitton från Norge och Danmark och fick till svar att han brukade sova över hos kompisar på de resorna. När han undrade vilka kompisar det var fick han inget svar, det hade man ingen aning om.

Skulle han få reda på mer information behövde han bensinkortet på tjänstebilen. Räkningarna från bensinbolaget var uppdelade per person så han fick en bra sammanställning över tankställen och andra bilutgifter. Inga sådana var dock registrerade i Norge eller Danmark utan all påfyllnad av bensin var på svenska tappar. Märkligt men inte helt omöjligt. Han hade en dieselbil med en räckvidd om nästan 100 mil så med god planering behövde han inte tanka utomlands.

Så inga bevis för att han varit i Norge eller Danmark men heller inga bevis för något annat. Men Bror började dock misstänka att Mark aldrig eller väldigt sällan varit där, men hur skulle han bevisa det.

Han ringde upp säljrepresentanterna i Norge och Danmark och intervjuade bägge en längre stund. De bekräftade att de väldigt sällan fått besök av Mark men att han alltid hade bra telefonuppföljningar. Återigen inget bevis för att han rest till länderna men heller inget bevis att han inte varit där. Han kunde ju ha besökt andra företag och potentiella kunder än sina representanter.

Det fanns heller inga parkeringskvitton från Norge eller Danmark men återigen, betalade man dessa med mynt var det inte ovanligt att man slarvande bort kvittot. Men att inga fanns kvar var ju utan tvekan skumt.

Han hade frågat runt på kontoret men alla bekräftade att Mark åkte till Norge eller Danmark ungefär var sjätte vecka och han kände att han inte kunde fråga vidare utan att väcka misstankar inom företaget. Det kanske han redan hade gjort i alla fall.

Bror började bli allt mer övertygad om att Marks tjänsteresor till Norge och Danmark gick någon annanstans, men vart?

Det fanns ju två möjligheter. Antingen körde han till någon annan ort i Sverige eller så lämnade han landet på något annat sätt. Utan kvitton från parkeringar eller bensinkvitton från andra orter var det svårt att ta reda på vart.

Det slog det honom att om han reste med flyg ut från Sverige så skulle körsträckan för bilen inte stämma med regelbundna resor till Norge och Danmark. Mätarställning på bilen skulle stå

86

noterat på servicefakturorna.

Fakturorna för bilen bekräftade Brors misstankar. Bilens körsträcka var mycket kort och kunde omöjligen inkludera frekventa tjänsteresor med bil till Norge och Danmark. Antingen stannade han i Göteborgområdet eller så flög han till ett annat land under dessa officiella Norge/Danmark-resor. Men i så fall betalade han parkering vid flygplatsen och flygresorna själv. Men nu kom han inte vidare. För att veta om han bokat andra flygresor behövde han komma in på Marks resebokningssajt och det lösenordet hade han inte. Eventuellt kunde väl polisen be om passagerarlistor från flygbolagen, men det fick han i så fall ta upp med Eva vid tillfälle.

Men en sak var i alla fall säker, han reste inte med bil till Norge och Danmark regelbundet.

På eftermiddagen ringde han upp Eva och delgav henne sina fynd. Hon höll med om att det var otroligt att han rest till Norge och Danmark men det hade man ju redan på känn. Frågan var bara om han stannat i Göteborgsområdet eller om han rest någon annanstans med flyg eller tåg.

Hon trodde det var långsökt att han rest utomlands, hon misstänkte att han var hos någon älskarinna i Sverige.

20

Medella
Torsdag vecka 3

Torsdagen började med att Fredrik stormade in på Brors kontor, mycket upprörd. "Vi måste reda ut den här fakturan från Brontel. Styrelsen ligger på mig som illrar. Kan du åka ner till London igen nästa vecka och försöka får klarhet i den!" nästan beordrade Fredrik trots frågan i det han sa.

"Ska vi inte utreda fakturan från Armintag också, den känns ju lika skum?"

"Nej, skit i den, den tar jag ansvar för. Släpp den frågan, jag vill inte höra den igen", sa Fredrik rejält irriterad. "Dessutom var det en slutfaktura så den kommer inte någon mer gång."

"Javisst kan jag åka, men är det inte bättre att du åker själv, du har ju mer kunskap om verksamheten och är bättre rustad att reda ut detta snabbt och effektivt."

"Nej, jag vill inte lämna huvudkontoret som läget är just nu, det bästa är om du åker."

"Fredrik, jag tror inte Mark åkte till Norge och Danmark var sjätte vecka som alla påstår."

"Vad säger du?" sa Fredrik.

Bror förklarade sin undersökning av Marks reseräkningar och kvitton från bilservicen och konstaterade att Mark antingen reste någon annanstans eller att han stannade på okänt ställe i Göteborgsområdet de veckor han officiellt var i Norge eller

Danmark.

"Struntprat, så kan det inte vara", sa Fredrik. "Mark har alltid varit väldigt ansvarstagande, så skulle han aldrig bete sig. Lägg inte någon mer tid på det struntpratet. Boka nu in resan till England och red ut den här fakturan från Brontel", sa han och lämnade rummet.

Konstigt, han ville uppenbarligen reda ut Brontelfakturan men av någon anledning ville han inte åka till London. Att han måste vara här på kontoret hela tiden köpte inte Bror.

Men London var alltid trevligt så det hade han inget emot. Då kunde han ju gå på puben, tillsammans med Mandy. Kanske skulle han åka ner redan på lördag morgon och få en helg i London, det var ingen dum idé.

Men han kunde inte släppa Armintagfakturan riktigt än. Han bestämde sig för att gå igenom alla fakturor och hur de konterats och av vem. Precis som han tidigare noterat fanns fakturor varje kvartal de senaste två åren. Han skrev ut alla fakturakopior, samt alla bokföringsverifikat relaterade till dessa och satte sig ner för en djupare analys.

Alla var relativt vagt specificerade. Fakturatexten var luddig utan någon ytterligare förklaring. Det fanns inga detaljer som antal timmar, resekostnader eller timpengar utan endast en klumpsumma med den minst sagt vaga texten "Tjänster enligt separat överenskommelse."

När han gick igenom bokföringsverifikaten visade det sig att Fredrik Hylle attesterat alla fakturor förutom de två första. Dessa två verkade vara attesterade av Mark. Vem som kontrollerat fakturan kunde Bror inte utläsa. Han tog med sig verifikatet och gick bort till en av tjejerna på ekonomiavdelningen som efter granskning konstaterade att det var Mark Johnstons signatur i kontrollrutan från de fakturor som Fredrik attesterat. Hon kände igen den från hans reseräkningar. Signatur på kontrollen av de två första fakturorna gick inte att tyda.

Märkligt för det var ju fakturor till det engelska bolaget, vilka rimligt sett borde varit kontrollerade av Peter Harrow eller Brian Jones och sedan attesterade av antingen Mark eller Fredrik.

Nyfikenheten gjorde att Bror utförde samma kontroll på verifikaten på Brontelfakturorna. Även här var kontrollsignaturen närmast oläslig men alla fakturorna var attesterade av Mark Johnston. Ingen på ekonomiavdelningen kunde ge någon hint om vem som kontrollerat dessa. Rimligen borde det ju varit Brian Jones eftersom han var platschef i England. Visst var det märkligt att bägge fakturorna inte attesterats av samma person. De var ju i princip i samma storlek men en hade tydligen gått hela vägen upp till vd och den andra stannade hos regionchefen för England.

Men det fick bli nästa veckas bekymmer. Bror loggade in på resesajten och bokade in sig redan på fredag eftermiddag till London. Nu skulle han ta ledigt och få en skön helg i sin favoritstad innan han skulle jobba vidare med de konstiga fakturorna uppe i Watford.

21

London
Lördag vecka 3

Den här helgen hade han gjort sig förtjänt av. Han hade kommit till Heathrow sent på fredag kväll, åkt till sitt hotell i centrala London och gått till sängs direkt.

Han var rejält utvilad och hoppades att han skulle kunna njuta av London utan att tänkta på Medella och röran i hans uppdrag som allt mer liknade en dålig detektivroman och inte ett konsultuppdrag.

Hotellet låg nära Tottenham Court. Han hade kostat på sig mer än han brukade, men han ville bo centralt nu när han bara hade två dagar i London till sitt förfogande.

På förmiddagen skulle han åka ut till Portobello road och vandra runt i denna saliga blandning av antikaffärer, loppisar och krimskramsaffärer. Det var inte så ofta man hittade något värt att köpa men att gå runt och titta på alla besökare och alla försäljare var ett nöje i sig.

På eftermiddagen hade han skaffat fotbollsbiljetter till Chelsea-Leicester. Fotboll i London var ett äventyr i sig. Massor med folk och en underbar stämning. Han hoppades bara att det inte skulle bli några bråk utanför eller på arenan. Fotbollshuliganerna i England och även Sverige höll ju på att skrämma bort vanligt folk från arenorna.

Förmiddagen blev precis så lyckad som han hoppats. Han hade varit klok nog att ta med bra skor för de långa promenaderna kring Portobello. Vädret var lite kyligt men en klar sol värmde upp och gjorde det möjligt att göra små stopp på diverse pubar och sitta utomhus, dricka en god öl, och studera folkvimlet. Dock hittade han inget att köpa, vilket kanske var lika bra. Han behövde inga fler grejor som skulle stå och samla damm. Efter en lunch blev det så dags att dra sig ut mot Stamford Bridge och Chelseas fotbollsarena. Han var ute i god tid och bestämde sig för att gå ner till arenan. Det skulle bli cirka sex kilometer vilket var lagom även om han faktiskt var trött i benen efter sitt strosande på marknaden under förmiddagen.

Matchen var bra. Egentligen var han inte speciellt intresserad och hade inte något favoritlag som han höll på i alla lägen. Utan bra fotboll var trevligt oavsett vem som spelade och tillsammans med en stor entusiastisk publik och bra väder var det en upplevelse.

Han hade efter matchen funderat på att vandra tillbaka till hotellet men det hade blivit väl mycket av den varan så han tog tunnelbanan istället.

Efter en händelserik dag och en avslutande öl på puben utanför hotellet tog han en tidig kväll. London var ju hans favoritstad men han var tvungen att erkänna att det hade varit roligare med sällskap. Det var trots allt trevligare om man kunde dela upplevelsen med någon.

På söndagen var ett besök till Camden Town inplanerat och därefter lite shopping för att framemot eftermiddagen bege sig upp mot Watford. Han hade bokat in sig på samma hotell som sist, det hade inte varit några problem att hitta ett ledigt rum och hotellet låg ju bra till mot kontoret och hans nya favoritpub.

Camden Town påminde ju om Portobello men hade ett inslag av punk och rock, både avseende musik och kläder. Hans hårdrocksperiod var ju passerad sedan ett antal år tillbaka och det kändes som han, på gott och ont, vuxit ifrån det utbud som fanns här. Sorgligt, det här hade varit hans favorittillhåll då han fortfarande spelade i bandet och hade vaga drömmar om att bli musiker.

Men jobbet han hade idag var nog en säkrare karriär än den som erbjöds inom musikbranschen. De var ett fåtal som lyckades och kunde leva bra inom all form av konst och underhållning. Men som ung hade det varit skönt att kunna hålla drömmarna vid liv även om han redan då djupt inom sig insåg att det inte var ett klokt karriärval. Men promenaden i Camden Town gjorde ändå att han saknade sina tidigare planer som var så långt ifrån den lite tråkiga affärskarriär han halkat in på.

Han tittade in på ett litet kafé och beställde in en stor latte. Strax intill hans bord hade en organisation "Stöd autistiska barn" en insamlingsbössa samt en stor anslagstavla med diverse pressklipp relaterade till ämnet. Bror kunde inte låta bli att gå igenom dessa då ju Medella arbetade inom området. Han hittade snart ett antal artiklar som kritiserade företaget. Man var framförallt besvikna på den bristande supporten sedan Medella flyttat från Horshamn till Watford. Där fanns även ett antal inlägg från Peter Harrow som kritiserade den neddragning som företaget gjort och som resulterade i sämre stöd för den verksamhet där man köpt in företagets produkter och tjänster. Samtidigt gjorde han reklam för sitt eget bolag och påstod sig kunna hjälpa till.

Återigen så dök då denna Peter Harrow upp. Han undrade om man hemma i Sverige visste att man anklagades för sämre support sedan flytten till Watford. Å andra sidan visste han ju inte om de här artiklarna var representativa, men visst var det intressant. Sämre resultat i England och sämre support enligt vissa i alla fall.

Så kom då tankarna kring Medella krypande och det blev dags att åka upp till Watford.

När han kom fram till hotellet ringde Eva. Hon ville bara berätta att nu hade kvällspressen fått tag i de försvunna personerna på Medella och hade slagit upp försvinnandena av både Mark och Brian på löpet.

Hon uttryckte en förhoppning om att det kanske skulle ge lite nya infallsvinklar. Han fick väl se om någon dagstidning i London hakade på, både Mark och Brian var ju trots allt engelsmän.

22

Watford
Måndag vecka 4

Ingen av de engelska tidningarna slog upp nyheten om försvinnandet av Mark och Brian. Det verkade inte tillräckligt intressant ännu.

Tyvärr jobbade inte hans kompis Mandy i receptionen när han kom till kontoret på förmiddagen. Lite besviken kände han sig. Han frågade efter henne och fick besked om att hon hade eftermiddagspasset och skulle dyka upp efter lunch. Utmärkt då skulle han se om den utlovade konserten på The Horns skulle bli av eller inte. Ytterligare en ensam kväll i England var han inte så sugen på.

Han hade bestämt sig för att forska vidare i fakturorna både från Brontel och från Armintag, trots Fredriks tydliga order om att strunta i Armintagfakturan.

Bägge kändes lika osäkra och bara det faktum att Fredrik attesterat Armintagfakturan men vägrade berätta vad det var samt flera gånger uppmanat Bror att sluta fråga om den gjorde den om möjligt ännu mer intressant. Ibland var det ju så att allt för tydliga order i en viss riktning kunde få motsatt effekt.

Företaget hade en företagsjurist som man använt sig av som Bror kunde vända sig till när han började forska i fakturorna. Juristen hade meddelat att han fanns tillgänglig via telefon både under måndagen och under tisdagen.

Bägge företagen hade ju en adress och en ansvarig person

angivna. Efter ett antal misslyckade telefonkontakter lyckades Bror identifiera att Armintages adress gick till ett kontorshotell i Edgware, Brontels gick till ett annat kontorshotell i Hatfield norr om London. Han fick inte mycket hjälp hos någon av receptionerna över telefon. I Edgware blev han dock uppmanad att återkomma efter lunch för då skulle en kollega som varit med i tio år komma in, hon kanske visste mer.

Edgware låg inte så långt bort. Bror beslöt sig för att åka dit och få titta på kontorshotellet själv och även prata med receptionisten. Resan skulle ta 45 minuter med endast ett byte på vägen. Att få träffa personerna kändes betydligt bättre än ytterligare ett trevande telefonsamtal.

Kontoret låg i en modern byggnad med en snygg och prydlig reception. Det visade sig att företaget inte hade något kontorsrum. Man hyrde bara postfack och telefonmottagning. Telefonsamtalen som man tog emot noterade man på meddelandelappar och la i postfacket.

"Vem kommer och hämtar posten?" undrade Bror.

"Det vet vi inte. Man kommer in till postboxarna dygnet runt och vi har aldrig sett någon hämta någon post. Men de få försändelser vi får in hämtas, så någon kommer hit, men vem vet vi inte."

Det visade sig att man aldrig sett någon person kopplat till företaget. Posten hämtades alltid utanför normal kontorstid. Det kom nästan inga telefonsamtal, de flesta var telefonförsäljare och de hade man i uppgift att sortera bort. Fakturorna lades i postfacken och hade alltid betalats i tid.

Hopplöst tänkte Bror, jag går bara in i återvändsgränder hela tiden. Han skulle åka tillbaka till Watford och ringa kontorshotellet för Brontel och se om han kom vidare där. Det låg dock väl långt bort för ett besök samma dag. Han tackade för sig för att vända åter mot Watford.

"Vänta, jag kom på en grej", sa den ena receptionisten.

"För fem månader sedan var det en man här och ställde samma frågor som du. Han gav mig en lapp och bad mig lämna över den om någon från Armintag hörde av sig. Ett ögonblick ska jag leta fram den."

Efter en stund kom hon tillbaka med en meddelandelapp som hon kopierat. På lappen stod det "Ring mig Peter Harrow" och ett telefonnummer.

Intressant, så dök då Peter Harrow upp igen. Det skulle nog vara värt att ringa honom om han skulle komma vidare i den här soppan.

Tillbaka på kontoret fick han även kontakt med kontorshotellet i Hatfield. Samma historia. Brontel hyrde även de bara postbox och telefonmottagning. Samma rutin för mottagna telefonsamtal och posten hämtades regelbundet utanför kontorstid.

Dock fanns en avgörande skillnad. Posten hade visserligen hämtats men den senaste fakturan var inte betald. Man hade sökt ansvarig för att meddela att kontraktet skulle avslutas om man inte betalade. Man lovade lägga in en lapp i brevlådan med Brors telefonnummer på.

Bror ringde företagets jurist och berättade om sina fynd. Juristen berättade att det inte var helt ovanligt att man arrangerade sådana här postboxföretag. Ofta företag som hade utländska ägare och ville etablera en postadress och ett telefonnummer i landet. Men tyvärr även företag som inte hade rent mjöl i påsen, och baserat på vad Bror berättade luktade det en aning illa om bägge dessa tyckte han.

Samtalet till Peter Harrow blev minst sagt märkligt. Efter att han presenterat sig blev det helt tyst i luren varefter Peter la på. En kort stund senare ringde han tillbaka.

"Hej, jag får be om ursäkt, men jag har faktiskt ingen lust att prata med någon från Medella. Men jag måste väl ändå visa att jag är en artig engelsman så nu frågar jag vad vill du mig?" sa han minst sagt avvisande och otrevligt.

"Jo jag jobbar egentligen inte på Medella utan är inhyrd som konsult. Jag håller på egen hand att reda ut några fakturor, bland annat en från Armintag, och då stötte jag på ditt namn."

Det blev alldeles tyst i luren.

"Hur dök mitt namn upp där?" sa så Peter när Bror nästan trodde samtalet hade avslutats.

Bror berättade om sitt besök på kontorshotellet och hur han fått meddelandet från Peter. Han nämnde även att både Mark Johnston och Brian Jones var försvunna.

"Försvunna?" sa Peter märkbart förvånad.

"Jag bägge är försvunna sedan ett antal veckor och jag har fått i uppdrag att reda ut en del ekonomiska frågor som de arbetat med."

Det blev på nytt alldeles tyst i luren, nästan obehagligt tyst tyckte Bror.

"Jag skulle gärna träffa dig om du har tid", sa Bror för att bryta dödläget.

"Ja fast då får du komma till mig i Horsham. Jag reser ingenstans för att hjälpa Medella. Kan du komma hit imorgon är du välkommen."

Man kom överens om att träffas vid klockan tio dagen efter. Bror fick en väganvisning och en adress i Horsham och sedan la Peter på luren helt bryskt.

Kändes inte speciellt välkomnande, men det mötet kändes viktigt om han skulle komma vidare i frågan.

Nere i receptionen hade Mandy dykt upp och de bestämde träff på The Horns.

Puben var sig lik. Ganska mycket folk och det verkade kunna bli än mer besökare än vid förra tillfället. Tydligen var bandet välkänt och när det närmade sig spelningen var det knôkafullt som man sa i Göteborg.

Bandet var jättebra. Man hade en uppsättning liknande Blood, Sweat & Tears med mycket blås som komplement till de vanliga gitarrerna, trummorna och sången. Brors pappa hade gillat den stilen väldigt mycket och det var det enda han spelade när han lyssnade på musik. Det här gänget var lite åt det hållet men hade moderniserat arren och lyckats kombinera modern rockpop med blås, en kombination som inte var helt vanligt men som fungerade bra.

Bror var nyfiken på att fråga ut henne mer om Brian och Medella, men han ville heller inte lägga sordin på stämningen, så han la band på sig och undvek ämnet nästan hela kvällen. Men vid sista pausen kunde han inte hålla emot.

"Ursäkta att jag blir tråkig men du sa i telefon att Brian hade haft besök av en svensk kille som du trodde kunde vara Mark. Kom du ihåg att jag ringde om det?"

"Jaha, skrattade hon. Jag undrade just när du skulle halka in på jobbet igen. Jag såg honom helt hastigt, han och Brian kom ner från kontoret. Det kändes som om man var irriterade på varandra. Man pratade med varandra på ett språk jag inte förstod, jag förutsatte att det var svenska."

"Hur såg han ut?"

"Han var en aning kortare än vad du är, blond, blå ögon, ganska alldagligt ansikte, sidbena."

"Kom de tillbaka till kontoret sedan?"

"Nej, det var faktiskt sista gången jag såg Brian."

Bror släppte ämnet och berättade om sitt besök i London under helgen och sedan var bandet igång igen och diskussionen dog ut.

Signalementet var inte mycket att ha, det kunde ha stämt in på i princip vem som helst. Dessutom hade ju Bror ingen bild på Mark. Han hade bara som hastigast sett det urusla passfoto som Eva visat upp. Men visst kunde signalementet beskriva Mark men samtidigt kunde det vara vem som helst.

23

Horsham
Tisdag vecka 4

Tågresan ner till Horsham var en upplevelse. Av någon anledning hade man varit tvungna att sätta in ett gammalt tåg. Varje kupé hade egen dörr ut mot perrongen, precis som på gamla filmer. Tåget tuffade på i maklig takt, kupén var rymlig och bekväm, även om en aning sliten. När man närmade sig Horsham upptäckte Bror med fasa att dörren inte hade något handtag på insidan. Vad var nu detta, hur skulle man öppna dörren? Det löste sig dock enkelt, vid stationen strax före Horshamn gick en av medpassagerarna av, han drog ner fönstret och kom åt handtaget på utsidan av dörren. Hur enkelt som helst. Så när tåget rullade in på Horshamns station kunde Bror med världsvan min dra ner fönstret och öppna dörren från utsidan, även han.

Han var ute i god tid, hade googlat adressen och insåg att han skulle kunna gå dit utan att stressa.

Horsham var verkligen en kontrast till London. Det här kändes som ett litet samhälle på landsbygden. Låga hus med en trivsam atmosfär. Påminde om ett mindre samhälle i Sverige liknande Kungsbacka eller Kungälv.

Han hade ett vagt minne av att pappa varit här nere och arbetat under sin tidiga karriär på Ericsson, men han var inte helt säker.

Peters kontor låg på övervåningen i ett lågt vitkalkat hus med en mäklarfirma på nedre botten. Ett porttelefonsystem visade företagsnamnet Medicon Center vilket lät både imponerande och seriöst.

Väl uppe på kontoret var verkligheten en annan än det pampiga namnet. Ett litet slitet kontor för en person med en lika sliten soffgrupp framför ett skrivbord med utsikt mot parken utanför. Man fick känslan av att Peter var på dekis och på väg utför i karriären.

"Jaha, du är nya stjärnskottet på Medella förstår jag", sa han syrligt.

"Nej inte alls, jag är bara inne temporärt och ska bygga upp ett kunduppföljningssystem för företaget. Men sedan blev ekonomichefen sjukskriven så då fick jag hoppa in och reda ut kvartalsbokslutet också. Men någon fortsatt karriär på Medella har jag inte tänkt mig. Hur går det för dig då?"

"Vad tror du, det är väl bara att titta runt på mitt fashionabla kontor", sa han med ett stänk av både uppgivenhet och ironi i rösten.

"Det är inte så lätt att vara sextio plus och hitta nya jobb eller uppdrag för den delen. Speciellt inte om man blivit avskedad och dessutom baktalad av sin förre arbetsgivare i pressen och branschen. Som du kan höra är jag inte speciellt positivt inställd till din nuvarande uppdragsgivare."

"Ursäkta vill du ha en kopp kaffe, eller kanske en öl", sa han så en aning mildare i tonen.

"Gärna en kaffe", sa Bror och tänkte att ytterligare en öl inte skulle vara bra för Peter. Han verkade ha tagit ett antal redan.

Peter satte på vattenkokaren och blandade till två pulverkaffe. Ursäktade sig att han inte kunde erbjuda finare kaffe och bjöd in Bror till att sätta sig i den lilla soffgruppen. Bror visste inte riktigt hur han skulle styra in samtalet så att det inte bara blev en klagovisa och ett gnällande på Medella.

"Har du något emot att berätta om hur ni startade upp Medella här i England, jag har förstått att du var med från början?"

"Ja varför inte, du verkar ju vara en reko kille. Det känns inte helt fel att få berätta min version av historien. Om du är beredd att lyssna en liten stund?"

"Javisst, det var därför jag kom hit."

Det blev en lång historia och Bror märkte att i takt med att Peter kom igång med sitt berättande förstod man den glöd som han visat för arbetet som förmodligen bidragit till den framgång som Medella blivit i England.

Peter hade tidigt arbetat som psykolog med autistiska barn och var under många år ganska kritisk till den vård som man erbjöd i England. Han hade publicerat ett stort antal artiklar och många höll med i hans kritik även om han också skapade sig ett antal ovänner inom branschen.

Under den perioden hade han blivit god vän med Mark Johnston som arbetat som försäljare inom databranschen, framförallt med programvaror för webbdesign. Han bodde sedan många år tillbaka i Göteborg men var regelbundet i England på besök.

De träffades relativt ofta tillsammans med ett antal andra killar och hade en diskussionsklubb. Man åt en bit mat, drack öl och diskuterade olika ämnen som man kommit överens om i förväg. Det kunde vara politik, ekonomi, undantagsvis sport men med tiden allt mer olika tekniska landvinningar. Efter något år diskuterade man nästan bara olika forskningsuppslag som publicerats.

Mark berättade att han kommit i kontakt med ett examensarbete från Skövde högskola. Man hade tagit fram en datormodell för diagnostik och behandling av autistiska barn med hjälp av spelprogrammering och virtuella glasögon som var intressant med stora framtida möjligheter.

Ett investeringsbolag i Göteborg hade gått in med kapital och hade startat en verksamhet kring idén. Företaget hade varit igång i ett antal år men det gick trögt, man hade svårt att få det konservativa psykologiska skrået att ta till sig produkterna trots att man visade bra resultat.

"Ska vi kontakta bolaget och erbjuda oss att bygga upp en verksamhet i England", hade han så sagt en kväll. De andra killarna var inte alls intresserade med Mark och Peter hade

102

fortsatt diskussionen.

Efter ett antal veckor tog så Mark kontakt med bolaget Medella och berättade om sin egen och Peters bakgrund och att man var villiga att starta upp verksamhet i England. Man gav företaget ett förslag som i princip inte kostade så mycket utan hela upplägget var till stor del provisionsbaserat med låg timtaxa för Peter och Mark. Med andra ord ganska riskfritt för Medella.

Mark blev inhyrd som konsult ansvarig för England samt Danmark och Norge placerad i Göteborg och Peter blev inhyrd som ansvarig platschef i England.

Peters många kontakter inom området gav tillträde till massor av psykiatriska kliniker och efter något år fick man helt plötsligt avtal om försöksverksamhet på fyra stora sjukhus i England. Psykologerna i England visade sig vara betydligt öppnare för nya idéer än sina kollegor i Sverige.

Försöksverksamheten gick bra och efter ett år tecknade man ett stort antal avtal kring Medellas produkter. Genombrottet gav också eko tillbaka till Sverige och med referenserna från England blev produkterna omtalade i nästan hela Västeuropa. Så från Peters horisont var det hans och Marks arbete som var grunden till hela Medellas succé på marknaden. Men Fredrik och Mark skulle säkert berätta en helt annan historia tänkte Bror.

Det var roligt att se hur Peter under sitt berättande blivit allt mer entusiastisk. Utan tvekan var detta något som var honom nära och kärt.

"Roligt att höra, men vad var det som hände sedan?" var Bror tvungen att fråga.

Peter blev direkt mörkare i synen. Bror såg att han hade svårt att gå in på det spåret, som var mycket känsligare.

"Kan vi inte gå ner till puben och ta en öl, så fortsätter jag där?" undrade Peter.

"Vi går ner till The Barn, man har bra öl och man kan sitta avskilt och prata", sa Peter och tog täten.

The Barn var en engelsk pub precis som alla andra, men med skillnaden att man hade avskilda soffgrupper där man kunde sitta i lugn och ro och prata.

Peter beställde två öl, ett lokalt märke som han rekommenderade. Efter några klunkar öl och lite snack om fotbollsmatchen Bror tittat på återgick så Peter till sin historia.

England hade varit genombrottet för Medellas produkter samt även den marknad där man kunde ta ut bäst marginaler. Även detta var givetvis Mark och Peters förtjänst tyckte han. Så England blev snabbt lönsamhetsmotorn i hela företaget. Både Mark och Peter var nu heltidsanställda och hade ett mycket gott rykte.

"Hur fördelade ni ert arbete?" frågade Bror.

"Jag skötte England och Mark kom hit var sjätte vecka när vi hade genomgångar och gemensamma säljbesök hos våra viktigaste kunder. Mark hade ju även ansvar för Norge och Danmark så varannan vecka var han på kontoret i Göteborg, de andra veckorna alternerade han mellan England, Norge och Danmark."

"Kom ni bra överens?"

"Javisst vi kom jättebra överens men privat var han hemlig, han var ganska svår på tjejer vilket ställde till det ibland."

"Något speciellt som du tänker på?"

"Du skulle prata med Macy som var vår sekreterare, eller snarare alltiallo, så kan du få höra hur han betedde sig. Hon bor här i Horsham hon också."

"Kanske det, kan vi gå tillbaka till din berättelse?"

Peter berättade att helt plötsligt blev resultatet i England mycket sämre och han fick ta emot skarp kritik både från Fredrik och från Mark. Han förstod inte varför, avtalen låg kvar på samma intäkter och man hade inga ökade omkostnader. När han försökte få reda på vad som orsakat resultatförsämringen fick han inget svar och relationen till Mark blev allt sämre.

Han hade stannat kvar en kväll och gått igenom företagets bokföring tillsammans med Macy. De upptäckte då ett antal stora fakturor från ett företag som hette Armintag som han inte kände till. Han gjorde ett överslag och insåg att resultatförsämringen stämde överens nästan på öret med kostnadsökningen från dessa fakturor.

Han tog upp detta med Mark men fick bara besked om att inte lägga sig i och istället försöka få ordning på sin verksamhet som inte visade bra resultat. När han sa att resultatförsämringen berodde på just dessa fakturor blev han på nytt tillrättavisad att inte lägga sig i.

Eftersom hans relation till Mark blivit allt sämre tog han upp ämnet med Fredrik som även han avvisade hans påståenden och i princip sa att om han inte slutade lägga sig i fick han hitta en annan arbetsgivare.

Klimatet mellan honom och företagsledningen blev allt mer infekterat och helt plötsligt fick han sparken. Eftersom han var vd för det engelska bolaget hade han inget anställningsskydd utan det var bara att acceptera och ta emot den fallskärm som fanns i hans anställningsavtal.

Man beslöt sig även för att lägga ner kontoret i Horsham och även Macy förlorade sitt jobb. Man skulle inrätta ett nytt kontor norr om London med lägre omkostnader. När han försökte få en förklaring sa man att han skulle ligga lågt för annars skulle man smutskasta honom i branschen.

"Jag har aldrig känt mig så förödmjukad och maktlös som då. Man ville slänga ut mig och jag hade inget att sätta emot. Jag var så förbannad att jag hade kunnat slå ihjäl både Mark och Fredrik om de hade vågat ge mig beskedet ansikte mot ansikte. Men det tordes man inte, besked kom på mejl. Efter allt jag gjort för företaget", avslutade han och svepte resten av ölen.

"Men vad jag förstod så gav du dig inte", sa Bror.

"Nej, jag var dum nog att starta en debatt på sociala media. Det skulle jag aldrig gjort, för därefter svartmålade man mig på Linkedin och i fackpressen. Resultatet ser du ju på mitt kontor. Jag får det knappt att gå runt. Du får ursäkta men jag hatar de där två djävlarna. Tänk att jag betraktade de som mina bästa vänner för bara några år sedan. Men jag säger det, något skumt är det med fakturorna från Armintag. Så du kanske också ska vara försiktig om du rotar vidare i det."

"Träffade du Brian Jones någon gång?"

"Nej aldrig, jag var där en gång men då fanns bara Mark på

kontoret, Brian var ute någonstans."

"Kan du förstå varför Mark och Brian är försvunna?"

"Nej inte alls, men jag kan inte säga att jag är ledsen för att Mark är försvunnen. Brian har jag ju aldrig träffat."

Bror kände att det var mycket att smälta. Som alltid när man hörde sådana här historier så fanns det ju två sidor. Peter berättade sin historia. Frågade man Fredrik gav han säkert en helt annan version och som oftast var väl sanningen någonstans mittemellan.

Bror fick telefonnumret till Macy och ringde upp henne och fick en träff efter att hon avslutat sitt jobb vid fem. Var han ändå här kunde han lika gärna lyssna in ytterligare en berättelse.

24

Horsham
Tisdag kväll vecka 4

Det blev några timmars väntan fram till den avtalade träffen med Macy. Bror passade på att i det vackra vädret vandra runt i Horshamn, titta på människor och hus. Han satte sig även ner och tog en kaffe på en uteservering, riktigt behagligt trots att det var aningen kallt ute.

Vid avtalad tid gick han till den överenskomna puben. Macy hade tydligen en egen favorit som inte var densamma som Peters. Den här var mer en restaurang än en pub med ännu bättre möjlighet att få sitta och prata i lugn och ro.

Macy var en parant dam, svårbestämd ålder men drygt 35 kanske närmare 40. Han reagerade själv över att han tänkt på just parant dam. Kallar man en kvinna på drygt 35 för dam numera, förmodligen inte men i det här fallet stämde det bra, hon var faktiskt en dam.

Hon kände igen honom direkt på hans beskrivning, och det kanske inte var så konstigt, han såg definitivt inte ut som en engelsman. De kom överens om att ta varsin öl och slå sig ner i två fåtöljer i den inre delen av baren. Hon avböjde middag, kunde bara avsätta max en timme tillsammans med Bror.

Macy hade fått ett nytt arbete ganska omgående och hade på det sättet inte drabbats specifikt av avskedandet från Medella men hon var precis som Peter besviken över hanteringen.

Bror fick återigen bekräftat att Mark varit en kvinnokarl, han flörtade med i princip alla tjejer i sin omgivning. Han var charmig och rolig och fick många beundrare. Även Macy hade trillat dit och hade haft en kärlekshistoria med Mark. I början var hon medveten om att det inte skulle vara något annat än en kort affär, men med tiden så hade även hon börjat hoppas på en långvarig relation.

"Blev du inte irriterad, över att han fjäskade runt med alla tjejer han träffade?" undrade Bror.

"Jo lite, men jag såg också när det bara var oskyldigt och vande mig vid det. Jag trodde ju att jag hade ett speciellt förhållande."

Men efter något halvår så hade hon varit på besök hos en väninna uppe i Welvyn Garden City norr om London. Då fick hon helt plötsligt syn på Mark. Han satt på ett café med tillsammans med en mörkhårig yngre kvinna. De satt så där tätt ihop och höll varandras händer som bara djupt förälskade personer gör. Hon trodde först att hon sett fel, för han skulle inte vara i England den veckan, men efter att ha tittat ordentligt insåg hon att det var Mark. Dessutom var det uppenbart att den här kvinnan var han starkt involverad tillsammans med och det hon trott var början på en djup relation hade bara varit en av alla hans tillfälliga kvinnoaffärer.

Hon blev ilsken och hade gått fram till bordet och presenterat sig. Mark hade blivit störd och knappt hälsat. Macy hade själv presenterat sig som arbetskamrat nere i Horsham men inte fått någon respons från varken Mark eller hans sällskap. Så efter en pinsam tystnad hade hon vänt sig om och gått därifrån.

"Vad menar du med att du inte fick någon respons?"

"Jo, Mark såg mest irriterad ut och tjejen såg mest förvånad ut. När jag nämnde att vi var arbetskamrater från Horsham verkade det som om hon inte förstod vad jag sa."

"Vad sa Mark när du konfronterade honom med detta när ni sågs därefter?"

"Det blev inget därefter, veckan efter mötet fick både jag och Peter sparken. Det skedde dessutom via mejl så jag har aldrig träffat Mark efter den dagen uppe i Welvyn."

"Märkligt, hur reagerade du på det?"

"Helst av allt hade jag velat sätta ett knä i skrevet på honom och dela ut en rejäl örfil. Men det gavs aldrig tillfälle till det", sa hon med ett skevt leende.

"Men Peter tog det väldig hårt. Han kände sig rejält sviken och han hade ju även förlorat en mycket nära vän sedan många år tillbaka. Han har definitivt inte kommit över det än."

Bror insåg att det hade inte heller hon gjort även om hon ville ge sken av det.

"Du har kvar kontakten med Peter förstår jag?"

"Jo, i början var det oftare men nu blir det mer sporadiskt. Han är så bitter så våra möten blir inte roliga."

"Men vet du vad. Någon månad efter att vi fått sparken satt vi och tog en öl och jag sa på skoj att det troligen var mitt möte i Welvyn som gjorde att jag fick sparken. Peter sa att hans sorti troligen berodde på fakturan han ifrågasatte. Jag har tänkt en del på det och jag tror faktiskt att det ligger en del i det. Peters ifrågasättande av fakturan och mitt möte i Welvyn, kan vara orsaken till att vårt kontor lades ner", sa hon och tittade honom stint i ögonen.

Det blev dags för uppbrott och Bror gav henne sitt visitkort och bad henne höra av sig om hon kom på något mer.

Bror kom inte fram till sitt hotell i Watford förrän sent på kvällen. Han satte sig ner och tog en liten öl för att varva ner i baren och gick sedan direkt till sängs.

Han hade svårt att somna, det var många intryck att bearbeta. Intressant att hon påpekat att Mark varit i England trots att han officiellt inte skulle vara där. Någon säljare hade gett en liknande kommentar, var det inte någon som träffat honom på Landvetter när han enligt kontoret var i Norge eller Danmark.

Sedan dök ju den här fakturan från Armintag upp igen. Det var uppenbart något skumt med den. Sedan var det något annat också som fanns där i bakgrunden som inte riktigt ville komma fram. Men hur han än fokuserade så blev resultat till slut att han somnade ifrån allt.

25

Watford
Onsdag vecka 4

Tisdagen hade ju spenderats på ett sidospår, i alla fall när det gällde Fredriks direkta order om att inte rota i fakturan från Armintag. Så idag gällde det att arbeta på högtryck med Brontel för att sedan på eftermiddagen åka ut till Heathrow och resa hem.

När Bror kom in i receptionen kom han ihåg vad som gnagt honom kvällen innan. Hans pubkompis stod i receptionen,

"Hej, du berättade tidigare att du trodde dig sett Mark. Du sa då att han och Brian pratade svenska med varandra. Det var därför du trodde det var Mark. Kommer du ihåg?"

"Javisst."

"Men Brian var väl engelsman, pratade han svenska?"

"Det har du rätt i. Jag tyckte de pratade svenska med varandra men jag kanske misstog mig, kanske pratade den andra killen i telefon med någon i Sverige."

"Jo så kan det ha varit, givetvis."

Väl uppe på kontoret ringde hans telefon.

"Hej jag heter Alvin Jones och har fått ett meddelande om att ringa dig. Jag hjälper Brontel med posthämtning och lite annat."

"Spännande, kan vi träffas?" Vilken tur, ett samtal som kanske skulle lösa Brontelmysteriet.

Alvin kom till Watford redan vid tiotiden. Han var dessutom den person som i företagsregistret stod som ansvarig för företaget och som man tidigare inte fått tag på. Han såg ut som en luffare med slitna gamla kläder och en odör av både svett och sprit. Det här var ingen affärsman utan troligtvis en så kallad målvakt som officiellt stod för företaget för att gömma de verkliga ägarna.

Bror var förvånad att han hört av sig just nu. Han måste ju ha förstått att det han sysslade med var lite skumt. Hade han fått kalla fötter? Troligtvis inte, det här var nog en kille som inte angav en säker inkomstkälla.

"Hej, trevligt att du kom. Hur kommer det sig att du hör av dig. Man har försökt nå dig en längre tid för frågor kring företaget?"

"Pengar, jag har inte fått betalt, och betalar man inte så varför ska jag vara lojal", sa han buttert.

"Kan du berätta vad du hjälpte företaget med?"

"Gärna om du ger mig en slant för besväret."

Efter en liten kort affärsdiskussion kom de överens om en summa mot att han berättade. Bror var inte helt säker hur han skulle få tillbaka pengarna men nu var han själv så nyfiken att han kunde ta det från sin personliga kassa om så krävdes.

Alvin berättade att han blivit kontaktad av en affärskille som frågat om han ville tjäna lite extra pengar. Han kallade sig Phil men Alvin trodde inte det var hans riktiga namn.

Han skulle tömma postlådan en gång i veckan. Sortera ut den post som inte var reklam och lämna över den till Phil när de träffades, vilket alltid skedde första tisdagen i månaden. Därefter gick man tillsammans till en bank i närheten. Han fick en utbetalningsavi och gick sedan ensam in i banken och tog ut pengarna, betalde räkningen för kontorshotellet och la resten av pengarna i en portfölj. När han kom ut från banken mötte Phil upp och man gick till ett kafé där han fick sitt överenskomna arvode. Mer än så gjorde han inte.

"Hur såg han ut denna Phil?"

Alvin gav ett hyfsat signalement. Men samtidigt tillräckligt vagt för att kunna stämma in på nästan vem som helst.

111

"Hade du något telefonnummer till honom?"

"Nej, vår enda kontaktväg var vårt inbokade möte. Han hade mitt telefonnummer men han har aldrig ringt. Han har inte hört av sig nu på en månad så nu tänker jag inte fortsätta hjälpa till."

"Har du kontaktat banken och kontrollerat om det finns några pengar på kontot, för det står väl på dig?"

"Jag ringde banken och frågade om det fanns pengar på kontot och de sa att inga pengar kommit in sedan senaste uttaget."

Det stämde ju också bra eftersom man på Medella valt att inte betala den senaste fakturan, tänkte Bror.

Bror tackade för hjälpen och gav honom hans överenskomna peng. Man utbytte även telefonnummer om man ville komma i kontakt med varandra igen. Alvin skulle inte tacka nej till ytterligare en liten slant om så krävdes. Här slutade alltså Brontelspåret.

Var det Brian som tog ut pengarna, troligtvis, men varför allt detta hemlighetsmakeri?

26

Polishuset
Onsdag vecka 4

Att tidningarna nu fått nys om försvinnandet av Mark och även Brian var ju både bra och dåligt.

Bra om det skulle dyka upp någon intressant information, men dåligt då man skulle få in massor med tips som inte gav något alls utan bara tog tid.

Man hade fått in minst sex tips på personer som sett Mark på olika platser i landet men inga av dessa visade sig vara annat än bomskott.

Ett antal kvinnor hade hört av sig och bekräftade det man redan kände till om hans kvinnotjusartakter. Men inget som förde utredningen framåt.

Eva hade besökt Medella och intervjuat alla medarbetare ordentligt men återigen inget som gav något nytt.

Hon fick erkänna att hon stod och stampade.

Om han hade någon älskarinna i Sverige borde man inte fått fram någon som sett honom i så fall? Det lutade allt mer åt att han varit utomlands under den period då han officiellt var i Norge. Men var? Att begära hem passagerarlistor på alla flyg som lämnat Sverige var ju en omöjlighet. Precis som Bror redan berättat bekräftade man att han hanterade alla sina bokningar själv. Ingen visste vilken resesajt han använde.

Eva funderade på om hon skulle begära ut inloggningsuppgifter från alla de stora resesajterna och se om

113

man kunde hitta Mark. Det var ju en möjlighet men återigen krävde det ett åklagarbeslut och då var hon tvungen att ha mer på fötterna.

IT-utredaren ringde så tillbaka och meddelade att man lyckats lokalisera avsändaren till Skype-samtalet någonstans i England.

Jo det här underlättade. Nu hade hon tillräcklig information för att kunna begära ut användaruppgifter från de vanligaste resesajterna.

Men beslutet från åklagaren skulle hon inte få förrän imorgon. Så det blev en tidig kväll. Men nu skulle hon ha något att ta tag i och det kändes bra.

27

Medella
Torsdag vecka 4

Ekonomichefen var tillbaka från sin sjukdom så nu skulle Bror börja om på sitt ursprungliga uppdrag. Han hade avsiktligt gått tidigt till jobbet, han ville få tid för sig själv innan arbetsdagen kom igång.

Han kände att han måste träffa Eva också och delge henne allt han fått fram. Oavsett om hon tyckte att han hade för livliga fantasier eller inte så måste han berätta det han nu visste.

De senaste veckorna hade han suttit i ekonomichefens kontor och nu hade hans tidigare plats på kundsupport också blivit upptagen. Efter att ha frågat runt lite fick han temporärt ta Marks kontor. Han verkade ju vara försvunnen permanent. Ingen trodde längre att han skulle komma tillbaka.

Han installerade sin dator och städade upp bland de papper som fanns på skrivbordet. Han la dessa på en egen plats i bokhyllan. I skrivbordslådan hittade han så en liten papperslapp. Det såg ut som antecknade lösenord, kunde det vara så att Mark slarvat och skrivit upp lösenord och förvarat dessa i skrivbordslådan. Så skulle man ju inte göra men han visste att många gjorde så ändå. Man hade ju massor av lösenord till olika webbsajter och olika programvaror.

Han undrade om man skulle kunna komma in på hans resebokningssajt med någon av dessa. Kändes tveksamt logga in på hans privata resesajt men det kändes viktigt att kunna reda ut hans resor. Hade han rest till England eller någon annanstans oftare än vad som hans reseräkningar angav och vad hans familj kände till?

Men för att kunna prova detta måste han ta reda på vilken bokningssajt han använde.

Efter en diskussion med några säljare och några av kundsupportmedarbetarna hade han identifierat de fyra vanligaste resebokningssajterna som man använde i företaget. Nästa problem var vilket användarnamn Mark använde. Hade han tur använde han företagets e-postadress. Hade han hittat på något annat användarnamn skulle det bli svårt.

Visserligen hade de flesta webbsajter en funktion för glömt lösenord. Ett nytt skulle då skickas till e-postadressen men då måste han få tillgång till Marks e-postkonto och det skulle inte bli enkelt.

Väl tillbaka vid Marks skrivbord kontrollerade Bror att han skulle kunna försöka ta sig in i Marks resesajter utan att någon annan såg vad han gjorde. Det kändes som han gjorde något otillåtet.

Det fanns tre lösenord på lappen. Han försökte logga in till alla fyra resesajter med Marks e-postadress och alla lösenord med fick ingen träff. Han fick bara tillbaka "du har angett en okänd e-postadress eller felaktigt lösenord." Dock var alla resesajterna baserade på e-postadress som inloggning så han behövde inte oro sig för påhittade användarnamn.

Kanske hade han ett privat e-postkonto. De vanligaste var Gmail- eller Outlookadresser. Efter att ha tagit fram ett antal varianter på möjliga användarnamn fick han så efter många försök en träff på markjohnston@gmail.com med ett av lösenorden och han var inne på Expedias resesajt.

Han kom på att han kunde ha hittat sajten snabbare. Förmodligen var ju fakturan för resan en utskrift från Expedia och bifogad reseräkningen. Men så intelligent hade han inte varit. Men trots det, nu var han inne.

Det han gjorde nu var troligtvis brottsligt men nu fick han se vad han kunde hitta, så fick han ta ställning till det senare.

Här fanns resor till England var fjortonde dag flera år bakåt i tiden. Veckan då Mark försvann hade han inte alls varit i Norge utan han hade rest till England helgen innan.

Säljkollegan som sett Mark ute på Landvetter hade inte misstagit sig, Macys berättelse om att hon träffat Mark i Welvyn Garden City hade varit riktig. Vykorten från Norge var inte alls skickade från Norge utan fejkade. Man hade letat efter Mark på fel ställe.

Bror ringde direkt upp Eva, men hon var inte tillgänglig och han fick lämna ett telefonmeddelande.

Men vad gjorde Mark i England? Vem var kvinnan som Macy sett honom med? Hur hängde detta ihop med Peter Harrow, Macy och Brian? Hur hängde det ihop med fakturorna från Armintag och Brontel? Det var hur många frågor som helst som snurrade runt. Men framförallt var fanns Mark nu? Samt var fanns Brian?

"Hej ska du komma in och rapportera om din resa till England?" avbröt så Fredrik honom.

De gick tillsammans förbi kaffemaskinen och sedan vidare in till Fredriks kontor.

Hur mycket skulle han berätta? Marks resor, hans efterforskningar kring Armintag, att han träffat Peter Harrow? Det var inte helt självklart. Han hade ju fått tydliga order om att inte forska vidare i Armintagfakturan.

"Har ni hört något nytt om Brian och Mark?" undrade Bror.

"Nej inga nyheter."

"Var det du som anställde Brian?" undrade Bror.

"Nej, det hanterade Mark helt själv. Det gick ju väldigt fort när vi stängde ner kontoret i Horsham. Vi behövde agera snabbt med de oegentligheter som hittats där och jag hann aldrig bli inblandad i etableringen av det nya kontoret."

"Men du har träffat Brian?"

"Faktiskt inte, jag har besökt kontoret i Watford några gånger men då har bara Mark varit där, Brain har varit ute på kundbesök varje gång. Dålig tajming helt enkelt. Men nu är jag nyfiken på vad du kommit fram till avseende Brontelfakturan."

Bror återberättade besöket på kontorshotellet och hur han lagt in ett meddelande i postboxen och sedan mötet med målvakten. "Märkligt, det var en avancerad rökridå man byggt upp kring det företaget, eller vad tycker du?" undrade Fredrik.

"Jo, jättekonstigt, man förstår ju inte riktigt varför allt detta hemlighetsmakeri. Jag tror inte vi kan reda ut det mer än så. Vi betalar väl inga fakturor längre, ingen har klagat och kontorshotellet stänger väl ner sin tjänst omgående tror jag. Att kunna driva någon process mot målvakten känns meningslöst."

"Du har nog rätt, jag skulle bra gärna vilja träffa Brian och Mark och få en förklaring till allt detta. Men det ser ju också mörkt ut. De har väl tagit pengarna och flyttat till något varmt ställe med fina stränder och paraplydrinkar, tror du inte det?"

"Så kan det vara, hur stor överfakturering skedde från Brontel om man räknar bort ett rimligt arvode till Brian?"

"De har nog skinnat oss på drygt en miljon kronor på ett halvår."

"Men är det tillräckligt för att kunna leva bekymmerslöst på okänd ort?"

"Nej, kanske inte."

"Jag har hittat lite annat också. Jag kom åt Marks resesajt, han verkar ha rest regelbundet till England i sex års tid var fjortonde dag. Han påstådda resor till Norge och Danmark har aldrig blivit av."

"Va f-n säger du, är du säker på det?"

"Jo du kan få se själv, ingen tvekan. Dessutom var han troligtvis i England och inte Norge när han försvann."

"Jaha, kanske har jag rätt i min teori om Brain och Mark på något varmare ställe trots allt."

"Ytterligare en sak." Bror bestämde sig trots allt för att berätta om sin efterforskning kring Armintag och besöket hos Peter Harrow trots att han beslutat sig för att låta bli.

Under tiden han berättade kunde Bror se hur Fredrik blev allt

mer irriterad och var till slut högröd i ansiktet när han reste sig.
"Sa jag inte åt dig att ge f-n i den där fakturan. Den tar jag ansvar för. Nu ska du bort ifrån det här företaget. Jag kan ju inte ha kvar konsulter som inte lyder order. Packa ihop dina saker och gå hem, nu på en gång."

Jag skulle låtit bli, men gjort är gjort tänkte Bror när han gick därifrån. Få se hur sur Birger Kindblom kommer att bli.

På vägen ut ringde Eva och de kom överens om ett möte imorgon på polishuset. Hon var dock stressad så han hann inte berätta om sina fynd i telefon eller om att han fått sparken.

28

Polishuset
Torsdag vecka 4

Eva kände sig allt annat än nöjd. Försvinnandet av Mark och Brian hade nu nått löpet på alla kvällstidningar och journalister ringde titt som tätt och frågande efter information.

Hennes utökade sökning efter Mark i hela Sverige hade inte gett resultat, han var försvunnen. Hon visste inte riktigt hur hon skulle gå vidare. Hennes vid flera tillfällen uppskjutna möte med sin kommissarie frös inne igen, han var återigen tvungen att prioritera annat.

Konsulten på Medella hade ringt och lämnat ett telefonmeddelande, hade massor med nyheter. Kändes jobbigt att han kom med nya uppslag hela tiden men hon hade ju inte själv kommit vidare så hon hade ju inget att förlora på att lyssna på honom igen. Hon bokade in honom till polishuset på fredag morgon.

Hon gick ut efter en kopp kaffe till, hon måste hitta en väg framåt. Jörgen ropade att hon hade telefon varvid hon fick springa tillbaka till sitt kontor.

"Hej, det här är Linda, Mark Johnstons dotter. Jag skulle vilja träffa dig. Jag har information som kan vara av intresse."

"Javisst kan du komma hit till polishuset redan idag?"

De kom överens om att träffas direkt efter lunch. Skulle det här ge någon öppning. Man kan ju alltid hoppas tänkte Eva och gick med lättare sinne på lunch med sina kollegor.

På klockslaget ett ringde man från receptionen. Eva hade ett besök att hämta.

Linda var märkbart nervös. Hon hade bara träffat henne tillsammans med mamman i huset tidigare och då hade hon knappt märkts. Bara nickat bekräftande när mamma berättade om Mark och svarat enstavigt på de frågor som Eva ställde till barnen.

Men samtidigt kom Eva ihåg att hon känt på sig att hon hade något mer att berätta senaste gången hon besökt huset. Hon hade funderat på att ta in henne till förhör men att hon kom hit självmant var givetvis mycket bättre.

"Vill du att vi ska gå och hämta något att dricka först", sa Eva för att bryta den besvärliga tystnad som uppstått. Bägge tog kaffe och Eva pratade på om väder och undrade om Linda var intresserad av musik och konserter. Det blev en isbrytare och ett antal minuter senare hade stämningen tinat upp rejält. Man hade pratat om senaste Way Out West som man bägge besökt och vissa av banden var gemensamma favoriter.

Så kändes det ändå som om stämningen lättats upp så Eva styrde försiktigt in samtalsämnet på Mark och hans försvinnande.

"Du hade något att berätta, eller hur?" sa Eva.

"Jo men det känns så besvärligt, jag har ju inga bevis och det känns som om jag förråder både min mamma och min bror. Måste de få reda på att jag varit här?"

"Nej de behöver de inte få, om du inte avslöjar något brottsligt som jag måste gå vidare med."

Linda började berätta i en allt mer forcerad fart om sin familj. Den idyll som visats upp när Eva varit på besök var inte riktigt sann.

Visserligen hade Mark varit mycket närvarande de veckor han arbetade i Göteborg. Men hennes mamma hade inte riktigt varit nöjd med att schemat fortsatte år ut och år in. Han hade i början lovat att det här skulle gå över när han arbetat in sig. Varje gång mamma tog upp det på nytt hade det varit en ny ursäkt och varannan vecka på resande fot hade blivit en rutin.

Han hade dessutom alltid varit väldigt flörtig med alla tjejer och kvinnor i sin närhet och hennes mamma hade blivit allt mer svartsjuk. En svartsjuka som delvis förpestat veckorna när han var hemma.

Dessutom hade Linda nu fått bevis för att han hade en annan och det var delvis därför hon kommit hit.

"För fyra månader sedan var en av mina tjejkompisar på en semesterweekend i London. I samband med ett musikalbesök såg hon pappa tillsammans med en annan kvinna. Hon hade inte velat säga något men för två månader sedan hade hon berättat det för både Linda och hennes bror."

Linda hade inte varit speciellt förvånad även om det ändå varit en chock att få det så där rätt upp i ansiktet. Dock hade hennes bror blivit mer eller mindre rasande. Han skulle hem och spöa upp gubben som han uttryckte det. Nu när han var vuxen hade han tränat en hel del samt var stor och kraftig så Mark skulle nog får svårt att klara av en rasande son.

Hon hade lugnat ner sin bror men hon hade även insett att han inte accepterat beskedet utan skulle konfrontera deras pappa vid något tillfälle.

Så baserat på detta hade Linda misstänkt att Mark ibland reste till London för att hälsa på någon älskarinna. Om han varit i London istället för i Norge veckan han försvann skulle inte ha förvånat henne.

Nu i förra veckan hade en kompis ringt och berättat att de sett hennes bror i London veckan när Mark försvann. När Linda hade tagit upp det med Daniel hade han inte velat berätta vad han gjort i London.

Det var nu det blev riktigt jobbigt. Hon trodde att Mark rest till London veckan han skulle vara i Norge, dessutom hade hennes bror rest till London och hade inte velat berätta vad han skulle göra där. Helt plötsligt började hon gråta, tårarna gick inte hålla tillbaka och efter ett tag grät hon nästan hysteriskt och kunde inte prata.

Eva sprang efter vatten och servetter.

"Lugna ner dig en aning, vi har gott om tid. Samla dig så fortsätter vi när du är redo", sa Eva och var själv förvånad över hur väl hon hanterade situationen. Återigen blev hon irriterad över att den där konsulten på Medella kanske haft rätt. Han hade ju påstått att Mark eventuellt hade en älskarinna utomlands och hon hade avfärdat det som väl livlig fantasi. Även om hon senare ringt upp och mildrat sitt påhopp en aning och bett honom undersöka om han kunde rest någon annanstans så trodde hon inte på den idén innerst inne. Skulle han få rätt igen, nästan lite snopet.

Efter ett tag samlade Linda ihop sig och slutade gråta, i alla fall hjärtskärande.

"Vad var det som var så jobbigt när du började gråta?" sa Eva och la en lugnande hand på Lindas.

"Jag är så rädd att Daniel åkt till London och konfronterat pappa och gjort honom illa. Det skulle förstöra hela vår familj. När pappa försvann och Daniel vägrade berätta vad han gjort i London har den här misstanken bara växt och växt och jag kan inte hantera den längre."

"Så illa ska det väl ändå inte vara. Det kan ju finnas många skäl till att Daniel både åkt till London och inte vill berätta vad han gjort."

"Jo men jag kan inte hjälpa att jag hela tiden kommer tillbaka till en mardröm där han gör pappa illa."

"Vad heter din väninna? Jag måste få prata med henne", sa Eva.

"Det kommer jag inte ihåg, är det viktigt?"

"Jo det kan det nog vara, tänk igenom vem det var och återkom till mig", sa Eva allvarligare än hon tänkt sig. Konstigt att hon inte kom ihåg vem som berättade. Men det skulle nog lösa sig när hon fått lugna ner sig.

Det här blev ju en knepig situation. Nyss han hon ju lovat att hon inte behövde berätta för hennes mamma och bror att hon varit här. Nu såg det ju ut som om hon behövde ta in Daniel på förhör. Men det tänkte hon inte ta upp just nu.

Hon tackade Linda för att hon trots allt kommit hit och berättat, de ville ju alla hitta Mark, helst levande men det sa hon bara till sig själv. Det hade nu gått drygt tre veckor sedan försvinnandet. Antingen hade det hänt honom något eller så hade han försvunnit på egen hand med avsikten att inte bli hittad. Ditåt lutade det allt mest. Dessutom måste hon utöka sökandet till England, eller var det överilat. Det var ju bara en hypotes från Linda och hennes privatdetektiv på Medella.

Men hon kontaktade i alla fall polisen i London med en allmän förfrågan på en försvunnen person som hette Mark Johnston. Det kunde i alla fall inte skada. De skulle gå igenom sina register över försvunna personer och höra av sig imorgon.

Dessutom blev hon ännu mera nyfiken på vad hennes egen privatdetektiv ville berätta nästa dag. Antingen blev det lite klarare eller i värsta fall ännu rörigare. Men det fick vänta till fredag morgon.

29

Fredbergsgatan
Fredag vecka 4

Bror vaknade med en lätt huvudvärk och en groende ångest. Han hade inte ringt till Birger och berättat att han blivit utkastad från Medella och det var han tvungen ta tag i, direkt nu på morgonen. Han kom ihåg Birger Kindblom när han stolt presenterade sitt företag. Man hade bara positiva omdömen från alla sina kunder. Nu skulle han ringa och berätta att han på sitt första uppdrag som projektledare blivit utslängd.

Mycket riktigt, hans chef blev allt annat än glad. Men Birger var en klok man och lät Bror berätta hela sin historia och varför han trots Fredriks order ändå rotat vidare i den här fakturan från Armintag. Det blev tyst i luren en längre stund när han var klar varpå Birger sa.

"Ta ledigt idag, jag ska ringa och prata med Agneta i Medellas styrelse så får vi se hur vi går vidare på måndag. Jag kan väl inte säga att jag är glad över det som hänt men jag tycker inte heller att du gjort något fel. Så ta det lugnt i helgen så ses vi på måndag."

Skönt tänkte Bror, samtalet hade ju trots allt gått bättre än väntat. Han hade väl egentligen hoppats att Birger skulle reagera som han gjort men han hade även sett ett värsta scenario där han fick sparken och skulle behöva leta nytt jobb med ett tveksamt rykte i branschen. Nu kanske det kunde bli så ändå, men det skulle nog bli bra. Ha positiva tankar så blir resultatet positivt.

Klockan nio skulle han träffa Eva på polishuset. Han hade efter samtalet med Birger satt sig ner och strukturerat sin information och sina tankar. Nu gällde det att presentera detta på ett bra sätt. Sedan tog han en lång promenad bort till polishuset.

Han missbedömde promenaden och kom fem minuter för sent. Eva stod nere i entrén och väntade.

"Hej hur är läget med min lilla privatdetektiv", sa hon med ett skratt på läpparna.

"Sådär, jag har fått sparken som konsult så det kanske blir detektiv på heltid. Men jag kan berätta mer över en kaffe om du bjuder på det."

"Javisst, det här låter ju både tråkigt och spännande."

Efter en kopp automatkaffe tog man plats i ett konferensrum och Eva bad honom berätta, hon var uppenbarligen mycket nyfiken.

"Till att börja med vet jag att Mark åkte till England och inte Norge den där veckan när han försvann", sa Bror med tydlig triumf i rösten.

"Vad bra, för jag har fått information som indikerar samma sak."

"Jaha, det verkar som om även du har information att dela med dig av."

"Nu är det ju jag som är polis och förhör dig. Du måste dela med dig och som du vet kan jag inte läcka information från en utredning. Så håll dig i skinnet", sa hon med ett leende.

"Jaha då börjar jag väl min berättelse så får du väl känna dig för om du vill läcka något eller inte", sa Bror lite lätt irriterad.

"Jag har ett problem, min första information har jag nog kommit över olagligt. Jag hittade Marks inloggning till Expedia och tittade igenom alla hans resebokningar de senaste sex åren. Vet inte om det är olagligt eller inte men det känns som ett intrång i personlig integritet, eller hur?"

"Jag kan nog se mellan fingrarna med det."

Han berättade att Mark gjort resor till England var annan

vecka de senaste fem åren. Endast var tredje av dessa hade han lämnat in på reseräkning till företaget, de övriga hade han betalt själv. De hade ju redan tidigare konstaterat att han inte kört bil till Norge och Danmark. Resorna hade gått med flyg till England.

Veckan han försvann hade han också rest till England.

Eva berättade att hon träffat Marks dotter som även hon misstänkt att han rest till dit. Hon berättade om kompisen som sett hennes pappa med en annan kvinna. Däremot inte om broderns resa till England, någon måtta på läckande av information från en polisutredning fick det nog vara, tänkte Eva.

Bror delgav Eva fakta om Brontel och dess målvakt. Han drog även Fredriks teori om att Brian lurat företaget på pengar och åkt till någon söderhavsö och drack tropiska drinkar. Men han trodde inte själv på den idén, det var inte tillräckligt mycket pengar som han lurat till sig för en sådan "pensionering."

"Men du sa ju att du fått sparken, hur kommer det sig?" frågade Eva.

Så berättade Bror om företaget Armintag, dess koppling till Peter Harrow samt Fredriks tydliga order om att inte lägga sig i den fakturan och att han därför fått sparken när han ändå gjort det.

"Den fakturan verkar känslig, jag håller med om att den verkar lurig med tanke på Fredriks starka reaktioner relaterade till den. Vad kommer du att göra nu då?"

"Vet inte jag ska träffa min chef på måndag, i värsta fall får jag väl bli privatdeckare på heltid", sa han och skrattade lite krystat.

Eva började sammanfatta och noterade en massa fakta då Bror avbröt henne.

"På tv så har man alltid en tavla där man har bilder på inblandade och koppling och tidslinjer. Gör ni inte så här i Sverige också?"

"Du och ditt tv-tittande. Inte så ofta men jag kan hålla med om att det är mycket information nu så vi kanske ska göra något åt det hållet. Jag hämtar ett skrivark så sammanfattar vi på det."

Hon kom tillbaka med ett stort skrivark och tillsammans ritande de upp en karta över alla personer och kopplingar emellan dessa.

En bit in i deras ritande kom hennes kollega Jörgen in och sa, "du har fått det här från polisen i England."

Hon läste meddelandet och berättade att hon anmält till polisen i England att Mark Johnston var försvunnen och undrade om de hade någon information som kunde hjälpa till. Det här var svaret som hon la framför Bror.

På meddelandet stod att det fanns en anmälan om en försvunnen Mark Johnston i England också, boende i Welvyn Garden City norr om London.

"Men det var ju där som Macy såg Mark med en annan kvinna", utropade Bror. Han hade helt glömt bort att berätta om sitt möte med Macy men med detta meddelande så fick den ny bärighet.

Man var bägge överens om att det inte kunde finnas två Mark Johnston som bägge var försvunna, en i England och en i Sverige. Kopplingen till Welvyn Garden bekräftade deras misstankar.

"Han har haft en familj i Sverige och en i England", sa de bägge i mun på varandra.

Efter en stunds tystnad tog Eva till orda.

"Det här blir inte lätt att berätta för Marks familj här i Sverige. Om de inte redan känner till det. Inget samtal jag ser fram emot. Sedan blir det nog en resa till England även för mig, måste ju träffa hans familj där, undrar om de vet om hans svenska familj?"

Bror kommenterade att det här kanske löste problemet med Mark men man hade ju fortfarande de konstiga fakturorna och Brian som var försvunnen.

"Men det är inte mitt problem, jag har i uppdrag att hitta Mark och det här kan vara genombrottet för den utredningen", sa Eva märkbart lättad över framgången.

128

"Ja och eftersom jag fått sparken så kommer väl de andra konstigheterna att försvinna i den administrativa kvarnen på Medella", sa Bror med en djup suck.

"Du, inte ett ord om att jag diskuterat utredningen med dig, jag kan förlora jobbet om det kommer ut", sa Eva och avbröt samtalet.

30

Polishuset
Lördag vecka 4

Långtråkigt tänkte Jörgen som hade krimjour under helgen. Nästan osannolikt lite som hände, det hade han knappt varit med om tidigare.

"Jörgen, det har kommit ett fax från England som du borde titta på", ropade en kollega inifrån skrivarrummet.

Han skummade igenom faxet och ringde sedan omgående till Eva. Hon måste in direkt oavsett vad hon hade för aktiviteter under helgen. Det räckte tydligen med att tänka på att det var långtråkigt så var det helt plötsligt inte det.

Eva dök upp efter en halvtimme. Precis som han trott så var hon inte svårövertalad. Hon hade nog bokat bort vilken aktivitet som helst för det fax som nu låg på bordet. Poliskommissarie Björn Andersson hade man dock inte fått tag på så man fick klara sig utan honom tills vidare.

"Så då har vi efter fyra veckor hittat Mark Johnston", sa Eva med en uppgiven röst.

Faxet från England aviserade att man hittat en mördad man utanför Welvyn Garden under förmiddagen som man identifierat som Mark Johnston via körkortet i plånboken. Han hade blivit dödad av trubbigt våld mot bakhuvudet och sedan gömts undan i ett skjul på ett övergivet industriområde. Några skolgrabbar hade tagit sig in på det inhägnade området och slagit larm baserat på den likstank man känt från en av byggnaderna.

"Va skönt att killarna inte gick in utan larmade redan vid upptäckten av lukten. Ingen syn man önskar någon, minst av allt unga", sa Jörgen.

"Vet vi något mer?" undrade Eva.

"Jag har kontaktat polisen i London och vi kan ringa upp för en liten konferens om 20 minuter", sa Jörgen mycket nöjd med sin egen initiativförmåga.

"Utmärkt, då stärker vi oss med en kaffe innan vi går till konferensrummet", sa Eva märkbart tagen av stundens allvar. Den här lilla förstautredningen hon fått, hade helt plötsligt blivit en mordutredning med internationella anknytningar. Hon hoppades att Björn skulle höra av sig snart. Det här var för stort för henne och Jörgen att hantera, även om han verkade sugen på att köra vidare utan inblandning av någon annan.

Evelyn Stanton var kriminalkommissarie vid polisen och var ansvarig utredare för mordet. Hon berättade att det nästan varit en lycklig slump att hon sett Evas förfrågan om saknade personer i England dagen innan. Hade hon inte gjort det hade man missat kopplingen till Sverige.

Ungdomarna hade varit ute tidigt på morgonen och tagit sig in på industriområdet på upptäcktsfärd. Området var visserligen inhägnat och låst men grabbarna hade klättrat över staketet. Det var ett nedgånget industriområde med många tomma lokaler som i åratal varit aktuella för sanering. Men inget hade hänt.

Mark hade legat inne i ett redskapsskjul av plåt längst in på området. Skjulet gränsade till ytterligare ett tomt industriområde och det var troligtvis därför som ingen reagerat på lukten. Man var inte klara med brottsplatsundersökningen men man trodde inte att han dödats på plats utan att han bragts om livet någon annanstans och sedan flyttats till skjulet. Man hade i dagsläget inte identifierat några spår från de som fraktat honom dit eller något fordon, men undersökning skulle pågå hela dagen. Dock var man inte hoppfulla. Det hade regnat kraftigt dagarna innan så eventuella spår från fordon och skoavtryck utanför skjulet var nog svårt att hitta. Man hade större förhoppningar där han hittats.

"Har ni informerat Marks engelska familj. Jag förmodar att du känner till att han har en familj här i Sverige också?" frågade Eva.

"Jag förstod det på din tidigare anmälan. En kollega till mig är på väg till familjen just nu. Vi räknar med att hålla förhör med familjen på måndag, jag skulle uppskatta om du kunde komma ner och vara med. Jag tror vi bägge vinner på det", sa Evelyn.

"Gärna jag ska bara stämma av med min chef först. När kan vi räkna med att det kommer ut i pressen?" sa Eva.

"Pressen har redan varit här, jag har meddelat att vi vill informera anhöriga först och sa att han även har anhöriga i Sverige som vi vill hinna nå innan det slås upp på löpen. Så ni bör nog kontakta hans svenska familj så snart som möjligt. Man väntar nog inte mer än några timmar till."

"Vi tar tag i det direkt, vi hör av oss när vi är klara där så kan du släppa pressen fri", sa Eva.

"Bra, jag har bra kontakt med de tidningar som varit där så det blir inga problem. Vi hörs i eftermiddag."

Eva sjönk ihop i stolen och tittade på Jörgen.

"Har du lämnat dödsbud någon gång?" frågade Eva.

"Nej aldrig, har du?"

"Nej men någon gång ska väl vara den första, men jag kan inte säga att jag ser fram emot det. Troligtvis kanske det trots allt inte är någon större chock. Efter fyra veckor har de nog börjat förbereda sig för det värsta scenariot. Men ändå."

Eva gick i sitt inre igenom kursen om hur man lämnar dödsbud på bästa sätt. Hon kom ihåg den nästan minut för minut. Skräcken inför att man själv skulle stå där med det obehagliga uppdraget hade funnits med henne hela tiden hon arbetat som polis. Hon hade haft tur som aldrig hamnat i situationen. Nu insåg hon att hon inte kunde komma undan. Hon hade ju själv träffat familjen vid flera tillfällen. Att i nuläget fega ur och skicka någon annan var inte att tänka på.

Hon ringde jourhavande präst och kom överens om att hämta upp henne inom tio minuter. Hon hoppades att familjen var hemma, om inte skulle det kunna bli problem eftersom när väl nyheten publicerades i England skulle det inte dröja många minuter innan den fanns på löpet här hemma också.

Precis när hon var på väg ut ringde Björn. Hon gick igenom vad som hänt, berättade om samtalet med polisen i London och att hon skulle hämta upp prästen för att åka hem till Marks familj med dödsbudet. Björn sa att han skulle komma in om några timmar så fick de prata ihop sig när hon kom tillbaka från familjen.

"Har du tänkt igenom hur du ska lägga upp samtalet?" sa Björn.

"Ja jag känner mig trygg och samtidigt fullständigt skräckslagen och nästan spyfärdig. Jörgen och prästen kommer med också", sa Eva.

"Bra då är du förberedd, när du inte känner skräck eller oro inför att lämna ett dödsbud är det dags att hitta ett annat jobb. Lycka till. Vi ses sedan."

31

Johanneberg
Lördag vecka 4

Det här var fjärde gången hon stod utanför villan i Johanneberg. Första besöket hade varit ganska odramatiskt, det hade varit uppenbart att familjen egentligen inte trodde att pappan var försvunnen utan skulle dyka upp när som. Andra och tredje besöket hade varit värre, nu var oron uppenbar och man var nog övertygade om att något hänt. Nu vid fjärde besöket skulle beskedet vara slutgiltigt och Eva kände en klump i magen och ett lätt illamående när hon med sina två kollegor stannade utanför villan.

Man var i alla fall hemma så man skulle kunna lämna det besked man kommit för. Frun i huset skymtade förbi köksfönstret och även dottern hade visat sig under de få minuter man stod stilla i bilen och samlade ihop sig.

Ringsignalen var högre och gällare än vanligt tyckte Eva. Inför ett sådant här besked borde den varit lågmäld och diskret kom hon på sig själv med att tänka.

Malin öppna dörren med ett igenkännande leende när hon såg Eva. Men när hon upptäckte prästen och kollegan kom handen upp till munnen och hon sjönk snyftande ihop på hallgolvet. Varför för man handen framför munnen när man drabbas av något överraskande tänkte Eva. Hon hade sett det förut, både vid glada och trista besked.

Prästen gick fram och hjälpte Malin upp samtidigt som

dottern kom springande.

"Jag är ledsen att berätta att Mark är död", sa Eva så lugnt och stilla hon kunde. "Han har blivit mördad och hittades idag utanför London."

"Mördad! London!", utbrast Malin med både förtvivlan och förvåning i rösten.

"Ja tyvärr, jag är så ledsen."

"Men har var ju i Norge, jag hade ju fått vykort."

"Jag vet, men han hittades i London idag. Han hade blivit nedslagen och lämnad på ett industriområde norr om London."

"När, vet ni det?" frågade dottern. Eva mindes hennes besök där hon berättat om sina misstankar om London och om att hennes bror varit inblandad. Hon kunde se att oron för brodern förstärktes. Men det var inte läge just nu att kommentera det.

"Nej det vet vi inte än, undersökningen kommer att slå fast dödstidpunkten men det dröjer ytterligare någon dag. Vi har dessutom fått fram andra uppgifter som vi skulle vilja diskutera. Men jag föreslår att vi återkommer till det imorgon, så får ni lite tid för er själva."

"Vadå för uppgifter? Ni kan lika gärna berätta allt på en gång", sa Malin nu betydligt alertare. "Ska vi gå här idag och oro oss och spekulera över vad ni ska berätta imorgon. Det orkar jag inte med. Berätta nu allt ni vet."

"Jag sätter på kaffe så kan vi väl sätta oss i vardagsrummet", sa Linda.

Eva var fundersam. Första hade Malin nästan brutit ihop och sedan ganska kort därefter blivit energisk och nästan aggressiv i sin framtoning gällande Mark. Men Eva kom ihåg kursen om att lämna dödsbud. Personer reagerade så olika, vissa blev apatiska, vissa började slåss, andra skrattade hysteriskt, andra grät. Det fanns inget facit, alla reagerade olika. Så Malins reaktion var nog rimlig den med. Dottern hade dock visat att hon fått bekräftat de misstankar hon redan haft och som hon delgett Eva. Den oro hon visat avseende hennes bror Daniel vid besöket hos Eva hade givetvis blivit om möjligt ännu större. Men hon visade inget utåt.

"Var är Daniel?" frågade Eva.

"Han är ute med några kompisar, skulle komma in i eftermiddag. Vi berättar för honom", sa dottern.

Kaffet blev klart och Linda kom in med kaffekoppar och torra kakor som hon hittat i köket.

"Nå vad mer skulle ni berätta?" sa Malin uppmanande.

Hur skulle man först meddela att sambon var död och sedan berätta att han i flera år haft en till familj i London. Det fanns nog ingen annan väg än att säga det rakt ut så tydligt som möjligt. Det hade hon ju lärt sig kring de svåra samtalen med att lämna dödsbud. Skönt att Jörgen och prästen var kvar.

Eva berättade lugnt och stilla att man konstaterat att Mark aldrig åkt till Norge och Danmark utan att han rest till England var annan vecka i flera år. Att hon sedan i går fått ett besked om att en annan familj anmält en Mark Johnston försvunnen i England.

"En annan familj!" sa Malin.

"Ja, det ser ut som om Mark haft ytterligare en familj i England på sidan om er. Var annan vecka var han hos dem och var annan vecka här hos er."

"Den j-a horbocken, hur kunde han göra så mot mig?" nästan skrek Malin.

Det här var ytterligare en annan Malin än de sidor av henne som Eva sett tidigare. Visserligen hade hon varit förvånad över hur nästan överdrivet väl hon pratat om Mark vid tidigare möten. Hon hade ju fått rapporter om hans flörtiga beteenden från Medella också. Men nu verkade det ju som om Malin varit mer medveten om detta än hon tidigare visat.

"Ja, jag visste att han svansade runt alla kvinnor han träffade, men att han skulle göra så här det övergår mitt förstånd. Skönt att han är död." Men så snart hon sagt det kom verkligheten ifatt henne och gråten kom tillbaka. "Det menar jag förstås inte", sa hon hulkande. Dottern satte sig bredvid henne och höll om henne både ömt och förtroligt.

De verkar ju ha varandra trots allt, tänkte Eva. Utan det stödet hade nog Malin gått sönder som människa här och nu. Läker tiden alla sår? Ja hur skulle hon själv reagera på samma besked som hon lämnat idag. Hon hade ingen aning, men för Malins och Lindas skull hoppades hon att tiden skulle läka såren. Dessutom hoppades hon att de inte var inblandade i Marks död. Vilket inte var helt självklart, förövaren fanns ju ofta i den mördades närhet. Malin och Linda förklarade att man skulle klara av detta själva och avvisade hjälp från prästen och krisjour på sjukhuset. Eva lovade att höra sig och sa att hon skulle vilja träffa alla inne på polishuset på måndag om det gick bra.

Väl tillbaka på polishuset träffade man Björn som till Evas förvåning kom fram och gav henne en kram och undrade hur det gått. Kramar hörde inte till vanligheterna kollegor emellan på polishuset men det kändes väldigt bra efter förmiddagens pärs.

Efter en kort uppdatering hörde man av sig till polisen i England och släppte informationen till pressen i London. Samtidigt bjöd man in till presskonferens. Journalisterna skulle få informationen direkt av polisen och inte via tabloiderna i London. Fast risken fanns att informationen hann ut till webben, men då skulle också journalisterna förstå varför man kallats till presskonferensen.

Polisen i London hade inte hittat någon mobiltelefon. Den var försvunnen, eller rättare sagt mobiltelefonerna var försvunna. När man kontaktat Marks engelska familj hade det visat sig att han använt två olika telefoner. En i Sverige och en annan i England.

Man hade vänt sig till telefonoperatörerna för att spåra dessa. Eva hade ju redan sökt på Marks svenska telefon men det visade sig att den alltid stängdes av när han lämnade Sverige. Hans familj hade kommunicerat med honom via Messenger och Skype. Var man ofta utomlands var det ju billigare att ha ett lokalt abonnemang i landet där man vistades. Men Mark hade kanske gjort så avsiktligt för att man inte skulle kunna spåra telefonerna, vem vet.

Presskonferensen blev välbesökt. Att det försvunnit två personer från Medella och att den ena nu hittats död i London var givetvis förstasidesnyheter.

Björn frontade mot pressen, även om Eva satt med, och det var hon väldigt glad för. Att även hamna i det rampljuset var inget hon sett fram emot och speciellt inte efter dagen som varit psykiskt ansträngande.

Det flesta saker man tränar på blir man ju bättre på med tiden. Det gällde ju det mesta. Hon undrade om det även gällde förmågan att lämna dödsbud. Troligtvis även om hon inte riktigt kunde se det framför sig.

32

Fredbergsgatan
Lördag vecka 4

Lördagen hade varit så där. Det faktum att han blivit utslängd av Fredrik på Medella låg och gnagde i honom. Även om Birger backat upp honom i samtalet så kändes det ändå inte bra. Men på måndag skulle han träffa honom på kontoret så fick han se vilket uppdrag han skulle få eller om Birgers samtal med styrelseordföranden på Medella innebar att han fick vara kvar i någon form.

Ikväll skulle det bli pizza och slötittande på tv, om det nu fanns något att titta på. Han slog på kanal ett och hamnade rakt in i nyheterna med en rubrik som fick honom att vakna till.

FÖRETAGSLEDARE PÅ MEDELLA FUNNEN MÖRDAD

Nu vaknade han till. Vad var detta? var Fredrik mördad? Men så var det inte utan det var Mark som hittats i London och journalistiskt så fick han en bättre titel än han förtjänade.

Nu blev det full fart på Bror, han slängde sig över datorn och surfande in på alla nyhetsmedia han kunde hitta. Nyheten var förstasidesstoff hos alla tidningar och webbsidor.

De flesta, men inte alla, hade även med försvinnandet av företagets platschef i England på nyhetssidorna. Men givetvis så var det hans två familjer som tilldrog sig det största intresset. Det här var ju en smaskig nyhet som tilltalade alla lösnummersäljande tidskrifter och även skandalsajter på internet.

Man insåg snabbt att det här skulle bli en följetong de närmaste dagarna. Bror blev besviken på Eva, han tyckte nog att hon borde ringt honom men hon hade väl fullt upp. Men ändå, lite tråkigt var det allt, han hade känt sig delaktig i hennes utredning.

Han skannade av nyheterna och nyhetssajterna hela kvällen men ingen hade något mer att komma med. Han fick erkänna att han inte var direkt förvånad även om man givetvis hoppats att Mark skulle dyka upp.

Det första han gjorde när han vaknade på söndagen var att slå på nyheterna men det var repriser på gårdagen om igen. Fortfarande var detta den stora nyheten.

Aftonbladet och Expressen hade sin vana troget fokuserat på familjen och hittat ett antal foton som man oblygt visade upp på sina förstasidor och med all säkerhet även på löpsedlarna under dagen. Respekt för en sörjande familj var ju inget som dessa skandalblaskor någonsin brytt sig om. Skandal att folk köper tidningarna tänkte Bror men fick samtidigt erkänna att han själv surfat in på deras hemsidor för att kolla av nyhetsflödet. Så på sätt och vis bidrog även han till många träffar på hemsidorna och skapade underlag för annonsförsäljning och tidningarnas överlevnad.

De flesta tyckte tidningarna var oseriösa men många köpte ändå lösnummer och besökte deras hemsidor så dubbelmoralen var vida utbredd.

På eftermiddagen hade mamma och pappa bjudit hem honom och syrran till middag. Först hade han tänkt hitta på någon ursäkt men kände att han behövde träffa andra och få diskutera något annat en stund så han hade bestämt sig för att gå i alla fall.

Myrans kille skulle väl med och vem vet, han kanske satt på ännu mera intressant skvaller om Medella. All information var värdefullt, med tanke på mötet med chefen på måndag.

På eftermiddagen åkte han så ut mot Furuskog och hem till föräldrarna. Han hade inte berättat att han blivit utslängd av vd:n på Medella och visste inte om han tänkte berätta det eller inte. Kändes ju pinsamt. Oftast var han väldigt öppen mot sina föräldrar kring både glädjeämnen och svårigheter, både på jobbet och privat. Men samtidigt visste han att framförallt mamma skulle oroa sig, så kanske skulle han trots allt låta bli. Men han höll det öppet tills vidare.

Det blev en riktigt traditionell söndagsmiddag som mamma bjöd på. Lammstek med stekt potatis och egen rönnbärsgelé. Myran och hennes Erik var där som väntat och man undvek Medella hela vägen genom middagen men vid kaffet gick det inte längre.

"Visst var det den mördade killen på Medella som du skulle arbeta med?"

"Jo faktiskt både honom och den engelska platschefen. Det känns overkligt att ha hamnat mitt i detta drama som visas upp på tv hela tiden."

Bror berättade valda delar av sina fynd både från Sverige och sina resor till England, men ville inte riktigt gå in på sina efterforskningar som privatdetektiv. Det kändes lite förmätet. När han berättade att han haft kontakt med en kriminalinspektör skrattade både mamma och syrran till.

"Vad är det som är så roligt?"

"Hon var ju riktigt snygg, hon satt ju med på presskonferensen igår. Anar vi en liten romans på gång. Du vet att du inte kan dölja något för oss", sa mamma och Myran hummade med. Pappa och Erik var precis som killar ofta är, fullständigt oförstående.

Han kände att han rodnade vilket gjorde det omöjligt att förneka deras påstående.

"Hon är trevlig och snygg men någon romans är det inte. Jag försökte faktiskt bjuda ut henne men hon avböjde. Kunde inte dejta en kille som är del av en utredning som hon arbetar med. Så det blir nog inget."

141

"Men när utredningen är klar, kanske", sa mamma förhoppningsfullt. Alla skrattade gott åt hennes uppenbara förhoppning om att få se en ny flicka i Brors liv.

"Vi får väl se", sa Bror och markerade tydligt att ämnet var slutdiskuterat. Men han kände att både mamma och Myran skulle återkomma en annan dag. Så lätt skulle de inte låta honom undkomma, det visste han.

"Du kände ju till en hel del om Medella sist vi var här, har du något mer att berätta?" frågade Bror och riktade sig mot Erik.

"Nej inte direkt, däremot vet jag att företagets vd figurerat i skvallerpressen av och till. Han hade ett förhållande med en betydligt yngre tjej som dök upp på några bilder. Men det var några månader sedan."

"Vaddå yngre, vet du vad hon heter?" sa Bror ivrigt och tänkte på tjejen han sett Fredrik med på kaféet i Haga.

"Hon var minst 20 år yngre. Vet dock inte vad hon heter. Men det är ju inte helt ovanligt att medelålders män dejtar unga tjejer, så det är väl inget att bry sig om. Leta runt på nätet så hittar du henne nog", om du är intresserad.

"Har du börjat jobba som privatdetektiv också?" sa Myran spydigt.

"Nej, nej men man kan ju inte låta bli att intressera sig för allt som rör sig kring bolaget", sa han avvärjande. Nu fick han byta ämne, han ville inte öppna upp någon diskussion där han skulle försäga sig om sitt privata undersökande.

När Bror kom hem på kvällen till sin lägenhet kopplade han direkt upp sig mot internet och sökte på Medella och Fredrik.

Det blev många träffar. Företaget hade under en period varit väldigt populär i pressen. Det var ju den moderna tidens teknik och ett framtidsområde som man hoppades mycket på.

Det fanns inga artiklar som var av intresse utan Bror gick över till bildsök och bläddrade igenom bilder relaterade till Fredrik och Medella.

Så en bra bit ner i sökträffarna dök Fredrik upp med den

blonda tjejen som han sett på kaféet i Haga. De såg väldigt förälskade ut. Han öppnade sidan med det fanns ingen text som berättade vem hon var.

Tillbaka till bilderna. Efter ytterligare fyra bilder fick han så upp en sida från Hänt i Veckan med följande text under bilden.

"Fredrik Hylle vd Medella tillsammans med Linda Håkansson, dotter till Medellas försäljningschef Mark Johnston."

33

Kindblom & Torning
Måndag vecka 5

Det var med blandade känslor Bror kom tillbaka till sitt företag på måndag morgon. Även om han inte gjort något fel så kändes det ju inte bra. Birger hade visserligen inte varit irriterad när de pratades vid i telefon men samtidigt visste han att det här inte var något som Birger uppskattade. Skulle inte förvåna honom om han var den förste i företagets historia som blivit avvisad.

Samtidigt hade han ju faktiskt fått i uppdrag att nosa runt lite med styrelsens goda minne och det var ju dessa efterforskningar som till sist fått Fredrik på Medella att se rött. Kanske han skulle varit försiktigare, han hade ju faktiskt fått klara direktiv om att inte forska vidare i Armintag. Men något skumt var det ju, det bevisade ju även Fredriks reaktioner när fakturan kom på tal.

Nu fick det väl bli något nytt uppdrag. Att han skulle få fortsätta ute på Medella kändes väldigt osannolikt. Några kollegor hälsade och undrade om det inte var killen från hans företag som hittats mördad, även om de visste att så var fallet.

När han hämtade kaffe dök så Birger upp i fikarummet och bad honom komma med in på kontoret.

Birger var inte alls sur som han förväntat sig utan bad Bror i lugn och ro berätta om sin tid på företaget. Man hade givetvis haft kontakter under hand också men nu fick Bror ge en tydligare bild av vad han kommit fram till. Han bestämde sig även för att berätta om sina misstankar kring de underligheter han konstaterat och sitt samröre med polisen, vilket han hållit inne med vid tidigare kontakter.

"Jaha, du har blivit någon form av privatsnok och konsult, det var ju spännande. Visserligen fick du ju ett litet sidouppdrag om att hålla ögonen öppna men det verkar som om snokandet tagit mer tid än vi trodde", sa Birger eftertänksamt.

"Jo det stämmer nog."

"Jag tycker nog att du borde berättat det här tidigare. Det hade varit bättre om vi haft en tätare dialog med styrelsen innan vi hamnade i denna klart besvärliga situation, håller du inte med?"

"Ja kanske det, men det är svårt att föra vidare ogrundade misstankar, det känns inget bra. De är ju fortfarande inte bevisade och det känns inte bra att rikta misstankar mot någon oskyldig."

"Jag förstår det, men du kunde ju ha pratat med mig lite mer, eller hur?" sa Birger med både besvikelse och förebråelse i rösten.

"Men nu är det som det är. Om en timme kommer styrelsen hit och då får du repetera det du berättat till mig. Jag har lovat Agneta Fredin att vi ska vara helt öppna med vad vi kommit fram till och det vill jag att du ska vara även om det innebär att du uttalar "ogrundade" misstankar. Lovar du det?", sa Birger mer som ett direktiv än en fråga.

Det här skulle bli en tuffare dag än Bror förväntat sig. Han hade stålsatt sig för ett besvärligt samtal med Birger men att han dessutom skulle tvingas berätta allt för styrelsen hade han inte räknat med. Nu hade han ju inte ens varit helt öppen mot Birger. Marks rykte som kvinnokarl och Fredriks förhållande med Marks dotter hade han inte nämnt. Inte heller hade han berättat om sitt möte med Peter Harrow och Macy Bones.

Marks två familjer var ju allmänt känt via pressen så den behövde han ju inte kommentera. Men det skulle definitivt bli en besvärlig diskussion kring fakturorna från Brontel och

Armintag, speciellt Armintag som Fredrik beordrat honom att inte lägga krut på.

Men Birger ville ju att han skulle vara tydlig med allt han kommit fram till och det tänkte han också vara, undantaget det han även hållit hemligt för Birger.

Det var ju drygt en månad sedan Bror hade träffat styrelsen och fått sitt uppdrag. Han kom ihåg Agneta Fredin som en bestämd kvinna som man ogärna sa emot. Skarp och tydlig med ett starkt fokus. Johan Gunnarsson var timid och hade inte sagt mycket på det förra mötet medan Magnus Ek ifrågasatt Agnetas påstående om att något skumt pågick på företaget.

Han undrade hur profilen skulle vara idag. Skulle rollerna vara desamma eller skulle man inta en annan hållning.

Det började så där. När man tog emot de tre i receptionen var hållningen kyligt avvaktande. Det var inte med samma entusiasm som man gick in till konferensrummet denna dag.

"Vi har hört att Fredrik vill avsluta ert uppdrag hos oss. Har ni några kommentarer?" öppnade Agneta. Precis som förra gången inget småprat utan rakt på.

"Bror har fått det beskedet, det stämmer. Men vi fick ju uppdraget av er så vi vill gärna veta hur ni ställer er till det?" sa Birger även han med en ovanlig skärpa i rösten.

"Det är väl inget att diskutera, vill inte Fredrik ha kvar uppdraget så måste det avslutas", sa Magnus med en irritation i rösten. Det var lätt att inse att han inte ansåg detta möte nödvändigt.

"Nu får du lugna ner dig, vi har ju kommit överens om att träffas. Kan inte Bror berätta om uppdraget fram till idag så får vi höra er version innan vi tar ställning", sa Agneta och lämnade över ordet till Bror.

Magnus satte sig ner med en tydlig missnöjesmarkering. Det var uppenbart att detta diskuterats innan mötet ett antal gånger. Precis som förra gången var Johan passiv och satt som en åskådare och tittade på sina två kollegor.

Bror gick lugnt och strukturerat igenom sina fyra veckor på Medella. Han förklarade att han knappt hunnit börja på det ursprungliga uppdraget på grund av att ekonomichefen blivit sjukskriven och att merparten av tiden hade Bror arbetat som tillförordnad ekonomichef. Det var i samband med kvartalsbokslutet som han noterat fakturorna från Brontel och Armintag i England som han inte fick en bra förklaring till. Han berättade om fynden kring Brontel och även att det var hans upprepade efterforskningar kring fakturan från Armintag som fått Fredrik att se rött.

"Jamen hur svårt är det att följa order, om Fredrik säger att fakturan är okej så ska du ju inte fortsätta rota i det, eller hur!" sa Magnus med stor irritation.

"Vänta nu, Brontelfakturan har vi ju under utredning men vad är Armintag för faktura, den har jag inte hört talas om. Vilka belopp pratar vi om?" frågade Agneta i en öppen fråga till både Bror och till Magnus. Magnus grymtade resignerat och vände sig till Bror och sa "du vet väl mer, eller hur."

Bror berättar att fakturan var en kvartalsfaktura som kommit in till kontoret i England de senaste två åren med ett fakturabelopp om sex miljoner kronor var gång.

"Det är ju 24 miljoner per år, varför har vi inte hört talas om detta tidigare?", frågade Agneta.

"Vi har stora omkostnader i bolaget och det här är inte de största. Säger Fredrik att det är okej så tycker jag vi ska lita på det, och det tycker jag konsulten borde gjort också", sa Magnus med en ilsken blick mot Bror.

Därefter blir det en hel del frågor kring resor och säljbesök. Marks okända resor till England kom upp och man var överens om att det ursprungliga uppdraget om att införa ett kunddatasystem fortfarande var, i allra högsta grad, aktuellt. Man var överens om att argumenten för att införa ett sådant system hade stärkts under Brors tid på Medella.

Styrelsen bad om att få överlägga enskilt och bad Birger och Bror komma tillbaka om trettio minuter.

"Något skumt försiggår på det där bolaget, det är jag

övertygad om när jag lyssnar på din redogörelse och både hur lite Agneta vet och hur ivrigt Magnus försöker lägga locket på. Oavsett om vi som företag får någon form av fortsatt förtroende eller inte så måste Agneta ta tag i detta. Vi får se vad de säger när vi kommer tillbaka?" sa Birger.

Väl tillbaka i konferensrummet inser både Bror och Birger att man möter en styrelse som inte var överens. Det hade nog varit en hetsig diskussion innan man kom fram till hur man ville gå vidare.

"Nu är vi överens. Vi vill fortsätta med införande av ett kunddatasystem och vi ser helst att ni fortsätter med det uppdraget. Men vi vill att ni slutar rota runt i ekonomiska ärenden och fakturor, utan helt och hållet fokuserar på införande av kunddatasystemet. Är det förstått?" sammanfattar Agneta.

"Vi förstår och är tacksamma för att vi får fortsatt förtroende. Kan Bror fortsätta med uppdraget eller ska jag ta in en annan konsult?" sa Birger.

"Bror kan fortsätta. Ni får vänta några dagar bara så ska vi informera Fredrik", svarar Agneta.

"Men hör vi att ni fortsätter rota i frågor ni inte har med att göra åker ni ut och då lovar jag att ge er så dåligt rykte så ni kommer att ångra er", markerar Magnus.

När Bror lite senare var på väg hem kommer Birger förbi.

"Du gjorde en bra dragning. Otroligt att vi fick fortsatt förtroende. Imorgon kan du ta ledigt och på onsdag går du tillbaka till Medella. Agneta ringde mig, hon vill att du i största hemlighet fortsätter undersöka fakturan från Armintag, men du måste vara mycket försiktig. Det här är bara mellan mig och Agneta, Magnus och Johan vet inget om detta.", sa Birger med ett leende på läpparna.

"Går det här vägen får vi väl lägga till ett nytt affärsområde till företagets verksamhet, privatdetektiver, tror du inte det?", sa ha sedan lite ironiskt.

"Vet inte riktigt, helst inte", sa Bror med eftertryck.

148

34

Polishuset
Måndag vecka 5

Eva hade jobbat hela helgen. Man hade haft tät kontakt med polisen i England. Man hade lyckats fastställa dödsfallet till helgen innan Mark anmäldes förvunnen. Exakt tidpunkt gick inte att slå fast då han ju legat död i fyra veckor. Mark hade slagits ihjäl med ett trubbigt föremål.

Man hade även bekräftat att fyndplatsen inte var mordplatsen utan att han flyttats dit. Kroppen var flyttad från brottsplatsen bara timmar efter mordet. Operation dörrknackning hade inte gett några resultat. Man hade satt upp efterlysning om ytterligare information i området på lyktstolpar och pubar så man hoppades fortfarande att någon skulle höra av sig med något intressant.

Marks engelska familj var underrättad. Kvinnan hade varit svårt chockad och inte kunna höras då hon tagits in på sjukhus. Hon skulle komma hem imorgon och man hade bokat in ett besök på tisdag tillsammans med Eva som skulle åka ner till London.

Eva hade funderat på att ringa Bror men tiden hade inte räckt till och han visste säkert redan det mesta via pressen. Men hon skulle behöva prata med honom igen, men det fick vänta till efter Englandsresan.

Receptionen ringde och meddelade att Mark Johnstons familj

149

kommit till polishuset. Eva och Björn skulle hålla förhöret. Det var skönt att ha med Björn även om hon fortfarande höll i utredningen. Erfarenheten vid ett förhör av den här kalibern och mötet vid pressen var guld värt. Med tiden skulle hon väl kunna ta dessa på egen hand men just nu kändes det skönt att någon mer senior tog över.

Nu var hela familjen närvarande. Man var förvånansvärt samlade vilket måste kräva en stor kraftansträngning. Eva insåg att hon var tvungen att ta upp den information hon fått av Linda avseende att hennes bror rest till London samma helg som Mark blev mördad. Eva hade pratat igenom detta med Björn och kommit fram till att man skulle prata enskilt med Daniel och inte ta upp detta tillsammans med modern och dottern.

Förhöret fokuserade på två områden. Hur hade Mark kunnat resa så frekvent till England utan att man visste något och kände man verkligen inte till hans familj i England. Både mamma, systern och brodern förnekade bestämt att man känt till något av detta. Eva fick känslan av att frun var ärlig men att barnen inte var det. Hon hade ju fått detta delvis bekräftat i det enskilda samtalet med Linda.

Björn och Eva beslöt sig för att fortsätta med individuella förhör. Linda och Daniel fick var sin tid senare under dagen.

Malin var mycket samlad. Hon berättade att hon länge levt med misstanken om att Mark varit otrogen i några år. Hans många kvinnoaffärer hade till slut skapat en klyfta mellan makarna.

Hon hade dock accepterat att han var som han var, men aldrig misstänkt att han haft ett fast förhållande och till och med en till familj på annan ort.

Helgen för Marks död hade hon varit hemma i Göteborg. Hennes syster och man hade varit på besök på lördag kväll. På söndagen hade hon tvättat och städat. Barnen hade dock varit bortresta över helgen och kommit hem först på söndag kväll. Dottern hade åkte till familjens sommarstuga. Hon brukande åka dit ensam då och då, hade behov av att komma bort från

150

folkvimlet. Daniel hade varit bortrest men hon visste inte vart.

Nästa förhör blev med brodern som kom tillbaka tillsammans med sin syster. Systern fick vänta och Daniel togs in i förhörsrummet.

Daniel satte sig vid bordet med armarna i kors över bröstet. Ett klassiskt avståndstagande.

Eva ställde samma frågor till honom som hon ställt till mamman. Han hade heller ingen aning om att hans pappa haft en familj i London och nej han kände inte till att han rest var annan vecka till England.

"Vi har fått uppgifter om att du var i London samma helg som din pappa försvann. Stämmer det?" frågade så Eva.

"Vem har sagt det?"

"Bry dig inte om det, vi har bekräftade uppgifter om att någon du känner sett dig i London, stämmer det?"

"Ja jag var i London den helgen."

"Kan du berätta vem du åkte med och vad du gjorde där", frågade Eva.

"Jag åkte ensam och jag vill inte berätta vad jag gjorde där", sa Daniel trotsigt.

"Men vår källa sa att du reste med någon."

"Nej det stämmer inte, jag träffade en trevlig kille på flygplatsen och vi gjorde sällskap under flygresan, det måste vara det som någon berättat om."

"Förstår du inte att det verkar misstänkt om du inte berättar vad du gjorde i London" frågade Eva.

"Misstänker ni att jag dödat min pappa? Det är ju fullständigt idiotiskt. Jag har mina skäl till varför jag inte kan säga vad jag gjorde i London."

"Tänk igenom detta noga, vi kommer att återkomma till den frågan", sa Björn allvarligt.

Linda var mer öppen i sitt kroppsspråk. Hon visade tydligt att hon inte hade något att dölja, eller försökte i alla fall visa det.

Hon svarade lugnt och samlat på samma frågor som ställts

till mor och son. Hon bekräftade precis som hon tidigare berättat för Eva att hon misstänkt att Mark ibland åkte till England när han officiellt var någon annanstans men hade ingen aning om att han hade en familj i London. En älskarinna kanske, men inte en familj.

Helgen som Mark försvann hade hon åkt ut till familjens sommarstuga uppe i Bohuslän. Hon brukade åka dit ensam då och då, fiska och bara sitta för sig själv och läsa. Nej hon hade ingen som kunde bekräfta att hon varit där den helgen.

Björn och Eva hade en kort sammanfattning efter sina förhör.

"Spännande att ingen av barnen har alibi för mordtillfället. Vi måste kontakta Malins syster och kolla om hon kom på besök på lördag", sa Björn.

"Vi vet ju att Daniel var i London, gör inte det honom till misstänkt?"

"Kanske men jag tror att om han är skyldig hade han kokat ihop någon trovärdig historia om vad han gjorde i London. Känns som om det kan vara något annat. Han kommer nog på bättre tankar när han får tänka igenom detta. Vi borde försöka bekräfta Lindas alibi ute i sommarstugan också."

Eva kontaktade systern och fick bekräftat att man besökt Malin på lördagskvällen. Så Malins alibi verkade hålla.

Sommarstugan var besvärligare. Det fanns få grannar och hon lyckades inte få tag i alla under söndagen. De hon pratat med hade inte sett någon bil vid Johnstons sommarstuga under helgen. Men ingen var helt säker.

Men nu hann hon inte fortsätta med den undersökningen för nu var det hög tid att åka ut till Landvetter och ta flyget ner till London.

Flyget landade sent på måndag kväll. Hon tog en taxi ut till Welvyn Garden City där hon bokat in sig på ett hotell i stadens centrum.

Ett besök till den lokala puben, en pint och en paj blev en

trevlig avslutning på dagen. Märkligt att nu var det hon som var här nere nästan på samma ställe som Bror varit och berättat om. Hon kände att hon saknade diskussionerna med honom och insåg att det fanns stora fördelar att få ta del av hans information inifrån företaget i den här utredningen. Hon undrade om han gjort några nya fynd i sitt snokande. Borde boka in ett möte med honom när jag kommer hem till Göteborg, tänkte Eva. Eller var det så att hon ville träffa honom av andra orsaker, vem vet, det fick framtiden utvisa.

Morgondagen skulle bli intressant.

35

Welvyn Garden City
Måndag vecka 5

Eva var inte förtjust i de frukostar som erbjöds i England. Kontinental med rostat bröd och marmelad var för torftigt och den mastiga engelska var för mycket. Men det var ändå trevligt att då och då bo på hotell, slippa fixa frukost själv och bli uppassad.

Så efter några rostade bröd och en stor balja kaffe gick Eva iväg till polisstationen som hon lokaliserat dagen innan. Kriminalkommissarie Evelyn Stanton, som hon pratat med i telefon, skulle möte upp henne på stationen.

Evelyn var en kraftig kvinna med ett ursprung troligen från Indien eller Pakistan trots hennes traditionellt engelska namn. Hon var gladlynt med gnistrande ögon och med hennes mörka hy var hon en strålande skönhet. Inte alls som en polis egentligen tänkte Eva, men så kom hon på att hon själv var polis och många tyckte nog detsamma om henne. Två vackra otypiska kvinnliga poliser med andra ord.

Evelyn uppdaterade Eva om de senaste uppgifterna i utredningen. Industritomten där man fann Mark hade en koppling till en Colin Marksham som var bror till Mark sambo Caitlin Marksham. Så Colin hade man all anledning att besöka efter att man hälsat på hos Caitlin. Dessutom hade man identifierat mordplatsen, vilket var en byggnad inne på samma industriområde.

"Ska vi börja med att åka ut till mordplatsen?" frågade Evelyn och gick iväg mot entrén.

Eva tyckte det var obehagligt att åka på vänsters sida och förstod inte hur de kunde hantera bilar där man fick växla med vänster hand. Skönt att gaspedal och broms satt på samma sätt som hemma i Sverige.

Industriområdet låg inte riktigt så avsides som Eva trott när hon tidigare pratat med polisen och studerat de kartor man hade tillgång till. Dock var det nedgånget och många av byggnaderna stod tomma.

Området var inte speciellt stort. Man kom in via en dubbelgrind som låstes med ett stort hänglås. Inne på området fanns en stor byggnad, två mindre och det redskapsskjul där Mark hittats.

Grinden bevakades av en polis och det satt avspärrningsband utanför det största huset och redskapsskjulet. Eva förmodande att det var inne i det stora huset som han mördats.

"Vi börjar med mordplatsen", sa Evelyn.

Väl inne i huset fanns ett stort konferensrum med luggslitna stolar och bord. Uppenbart användes inte lokalen längre då det låg ett tjockt dammlager över möblerna. I ena hörnet var dock ett litet bord och några stolar dammfria och bredvid en av stolarna hade man markerat en blodfläck på golvet.

"Vi tror att han träffade någon här inne och att diskussionen gick överstyr och att Mark slogs ner. Blodfläcken har analyserats och blodet kom från honom. Sedan ser det ut som om man tagit in en skottkärra via dörren lastat på den döde och rullat över honom till redskapsskjulet i andra änden av området", sa Evelyn.

"Ni har inte hittat något mordvapen?"

"Nej, det verkar man gjort sig av med. Vi har tagit ett antal fingeravtryck som vi sedan kan jämföra med eventuella förövare när vi har några misstänkta."

Man gick snabbt över till redskapsskjulet och tittade på fyndplatsen också men det var inte mycket att se.

"Vem har tillgång till byggnaderna?" undrade Eva.

"Jo byggnaden ägs av ett företag där Colin Marksham arbetar

och enligt företaget så har man nycklar undangömda strax utanför området. Dessutom har ett antal personer egna nycklar. De som känner till den gömda nyckeln kan på så sätt använda området och lokalerna när man så önskar. Den undangömda nyckeln finns inte kvar. Förmodligen borttagen av mördaren vilket troligen är ett av skälen till att upptäckten av den mördade dröjde så länge. Det har troligtvis inte varit någon inne på området sedan mordet."

"Jag förmodar att det är ett antal personer som känner till de här nycklarna", sa Eva.

"Tyvärr, man har delat ut gömstället till mängder av personer som ibland använt lokalerna till mindre möten. Så antalet personer som känner till hur man kommer in är väldigt många och dessutom till stor del okända. Men vi ska ju träffa Colin något senare idag, så får vi kanske reda på något mer."

Det kändes ju inte orimligt att Mark kände till dessa nycklar som ju Caitlins bror hade koll på. Frågan var bara vem han tagit med sig till ett möte på ett så skumt ställe.

Caitlin bodde i ett litet parhus endast tio minuters körväg från industriområdet. Typiskt engelskt med smal framsida, tre våningar och en pytteliten trädgård på baksidan. Huset var i bra skick och väl underhållet. Vackra rabatter prydde både fram och baksida.

Caitlin tog emot, en liten nätt mycket vacker yngre kvinna. Hon var minst tio år yngre än Malin och var betydligt mer försynt än sin svenska sambokollega. Kan man säga sambokollega tänkte Eva, troligen inte men hon kom inte på något bättre uttryck när hon stod där framför parhuset utanför London.

Precis som väntat blev de bjudna på te, inte kaffe som man alltid bjöd på hemma i Sverige. Caitlin och Evelyn rynkade på näsorna när Eva avböjde mjölk till teet, något som tydligen var otypiskt.

Caitlin berättade samlat om sitt förhållande till Mark. Hon visste om hans svenska familj och hade i början hoppats att han skulle flytta in hos henne för gott men hade sedan accepterat att dela honom med den svenska kvinnan. Eva kunde inte höra någon underton som antydde att hon inte var nöjd med arrangemanget. Konstigt hur kan man leva vidare så, själv skulle jag aldrig acceptera det ens för en kortare tid, tänkte Eva.

"Har ni några barn tillsammans?" undrade Eva.

"Jo vi har två flickor, Mary och Megan, fem och tre år. Megan är svårt handikappad vilket är en sorg och även ekonomiskt tungt. Jag förstår att ni har betydligt bättre stöd från sjukvården i Sverige än vad vi har här. Men Mark har alltid löst det ekonomiska, hur det ska gå nu när han är död vet jag inte", sa hon och snyftade till.

"Åkte Mark in till kontoret i Watford veckorna han var här i England?" undrade Eva.

"Ibland, ofta arbetade han hemifrån."

"Har ni många gemensamma bekanta, vi skulle uppskatta om vi kunde få en lista på dessa", sa Evelyn.

"Givetvis, men vi hade ett mycket begränsat umgänge så listan är inte särskilt lång. Vi umgicks mest med min bror och hans fru."

"Vi ska träffa Colin på hans arbetsplats om cirka tio minuter, så vi måste röra på oss. Vi återkommer vid ett senare tillfälle", sa Evelyn och gick mot dörren.

"Hon verkar ta det ganska bra, ser det ut som", sa Eva.

"Jag tror hon fortfarande är chockad och har inte riktigt fattat konsekvenserna ännu. Hon har dock ett solitt alibi för morddagen så hon finns inte med bland de misstänkta. Kan du fatta hur hon accepterade att dela honom med en fru i Sverige. Skulle du göra det?"

"Nej, aldrig, inte ens för en kort tid. Han fick allt bestämma sig för mig eller inte."

"Håller med, känns helt otroligt att någon kan acceptera en sådan här situation år efter år. Men nu åker vi och träffar Colin."

Colin tog emot utanför sitt kontor. Han arbetade hos ett fastighetsförvaltningsbolag och hanterade fastigheter bland annat industritomten de nyss besökt.

Han var prydligt klädd i kostym, skjorta men utan slips. Colin hade inte varit speciellt förtjust i sin systers relation med Mark. Han tyckte att han skulle ha lämnat sin svenska kvinna och flyttat hit för gott. Hans beteende var inte försvarbart. Trots det hade han varit ganska förtjust i Mark, han var charmig och trevlig. Det hade umgåtts från och till och Colin uppskattade hans sällskap. Samtidigt ville han emellanåt som han uttryckte det "banka skiten ur honom och få honom att ta sitt ansvar." Men han kunde ju inte lägga sig i sin systers val även om han velat.

Eva insåg att Colin kunde vara nog så hetsig och det skulle inte förvåna henne om han tog till knytnävarna när argumenten tröt. Var detta en misstänkt förövare, kanske?

"Kan du berätta om industritomten där Mark hittades?" frågade Evelyn.

"Det är en följetong för oss. Vi har försökt sälja den i många år men vi verkar inte bli av med den. Ett fåtal personer har egna nycklar och dessutom finns ett antal kompisar och kollegor som har känt till vår hemliga nyckel och kunnat utnyttja området och lokalerna utan att betala för det. Cheferna här inne känner inte till det, blir nog ett himla liv om de får reda på det."

"Kan du ge oss en lista på de som har egna nycklar? Vet du hur många som känt till den hemliga nyckeln?"

"Javisst ska ni få en lista på de som har egna nycklar. De som har egna nycklar kommer åt alla lokaler på området, även de två förrådshusen. Den hemliga nyckeln ger tillträde till området och huvudbyggnaden. Redskapsskjulet står olåst. När det gäller den hemliga nyckeln är jag rädd att det under de här tre åren som lokalerna stått tomma blivit en hel del som fått kännedom om gömstället. Vi vet dessutom inte vilka som vet så där kan jag inte hjälpa er."

"Kände Mark till nycklarna?" undrade Eva.

"Javisst, vi var där någon gång och hämtade några öl som jag förvarande i en skrubb. Jag hade glömt min egen nyckel så vi använde den hemliga. Så han visste var nyckeln fanns."

"En sista fråga, var befann du dig helgen när Mark

försvann?"

"Jag var hemma, min familj var bortrest. Inga besök utan jag jobbade i trädgården hela helgen. Så tyvärr finns det ingen som kan intyga att jag var hemma."

36

Fredbergsgatan
Tisdag vecka 5

Ledig på en tisdag kändes konstigt. Men Birger hade uttryckligen förbjudit honom att komma in till kontoret. Han skulle ta ledigt och vila upp sig efter allt som hänt. Han kunde inte riktigt släppa det faktum att han först blivit utslängd och sedan tagen till nåder igen. Varken Birger eller styrelsen på Medella hade ju varit helt nöjda. Trots det hade han fått fortsatt förtroende. I alla fall från Agneta som ville att han skulle fortsätta snoka i all hemlighet. Men han insåg att skulle han bli avslöjad på nytt fanns nog inga garantier för att man skulle sluta upp bakom honom. Han fick se till att vara väldigt försiktig. Helt bra kändes det inte.

Lägenheten behövde städas, det hade varit si och så med det de senaste veckorna. Tvättstugan var ledig så det fick bli en riktig hemmadag. Bra att ha något att göra så slapp man sitta och grotta ner sig i grubblerier.

Framemot lunch var han klar med städningen och hade bara en maskin kvar i tvättstugan. När han gick förbi telefonen såg han att han hade ett missat samtal från England. Han undrade vem det kunde vara?

Han kollade upp numret på internet och såg att det gick till kontorshotellet där Medella hade sitt kontor. Han ringde tillbaka och kom till en receptionist som inte hade en aning om vem som kunde ha ringt. Men hennes kollega som arbetat på förmiddagen var ute på långlunch så kanske kunde han ringa tillbaka efter tre när hon var tillbaka. Kanske visste hon något mer.

Jaha, nu kom så projektet tillbaka i form av ett samtal från England. Undrade vad det kunde vara? Kändes knepigt att vänta flera timmar, han var ju så nyfiken. Måste ju vara något speciellt eftersom man sökt honom på mobilen i Sverige. Han undrade om det var receptionen som ringt eller om ett samtal från något av företagen skulle visa receptionens nummer. Men varför spekulera, det vara bara att vänta.

Han undrade hur utredningen av mordet gick. Under måndagseftermiddagen hade han inte kunnat hålla sig utan hade ringt polishuset och frågat efter Eva, men fått besked om att hon var i London för undersökningar i samband med mordet.

Att laga till lunch kändes inte så inspirerande utan han valde att gå ut och hittade en liten lunchrestaurang där han gick in och beställde dagens lunch. Så kom han ihåg att han glömt telefonen hemma, skulle han missa ytterligare ett samtal. Nå det fick bli så, han tänkte inte springa hem bara för att hämta den eller sitta och vänta på att den skulle ringa.

Väl hemma igen såg han att han missat flera samtal från samma nummer i England. Precis när han skulle ringa tillbaka kom så ytterligare ett samtal.

Det var hans pubkompis, Mandy, som ringde, hon som jobbade i receptionen.

"Jag har varit ledig några dagar och inte följt med i händelserna men när jag kom hem såg jag notiserna om mordet på den där Mark Johnston. Det är bara det att för mig heter han Brian Jones", sa hon i ett forcerat tempo.

"Är du säker, du sa ju till mig att du sett Brian tillsammans med Mark?" eller hur.

"Jag trodde det var Mark men det är ingen tvekan, den mördade Mark är samma person som Brian Jones. Det kan jag ta gift på", sa hon med bestämd röst.

Det här var ju spännande. Först visade det sig att han hade två familjer. Nu verkade han ha haft två jobb, både som marknadsansvarig i Sverige och som platschef i England. Det förklarade kanske hemlighetsmakeriet med fakturorna från Brontel. Han måste ha varit väldigt mån om att dölja sitt dubbelspel. Det kom fram nya detaljer hela tiden. Inte ens en dokusåpa på tv skulle kunna få till en lika rörig historia. Att fiktionen överträffas av verkligheten stämde fullt ut. Han måste få tag i Eva och informera om de nya rönen.

Efter ett antal telefonsamtal till polishuset fick han efter mycket trugande ett mobilnummer till Eva. Samtalet kom dock till hennes telefonsvarare så återigen fick han efter lämnat meddelade vänta på att hon skulle ringa tillbaka. Det hade varit svårt nog att vänta under förmiddagen men nu kröp minuterna fram.

Han hade ju givetvis kunnat berätta vad han kommit fram till direkt till telefonsvararen, men han ville gärna få prata med Eva så han hade bara lämnat ett meddelande och berättat att det var viktigt.

Vid åtta på kvällen ringer så telefonen.

"Vad är det nu som är så viktigt, jag är mitt uppe i en mordundersökning", sa Eva märkbart irriterad.

"Brian och Mark är samma person. Är det viktigt nog?" sa han och ångrar direkt sin aggressiva ton. Fanns ingen anledning att vara så vass tillbaka.

"Vad är det du säger?" sa Eva nu mycket intresserad.

Bror berättar om samtalet från receptionisten.

Marks avskedande av Peter Harrow och flytten från Horsham var ju nödvändiga för att han skulle kunna agera dubbelspel som Brian Jones. Peter och Macy kände ju Mark så han kunde inte ha dessa bägge kvar och genomdriva bluffen. Hans hemlighetsmakeri med målvakten för Brontel var ju också en del i att kunna dölja sin riktiga identitet om någon skulle göra efterforskningar.

Eva berättade att Mark har en svårt handikappad dotter i England som han under flera år bekostat privat sjukvård. Hans sambo i England var djupt bekymrad över hur hon skulle ha råd att fortsätta med vården nu när Mark inte kunde betala.

"Med två familjer, en i Sverige och en i England, samt en

svårt sjuk dotter på privat sjukhem räcker nog inte en normal lön till. Kan det vara orsak till de dubbla jobben och de höga konsultfakturorna från Brontel. Kanske även fakturorna från Armintag har med detta att göra?" undrade Bror.

"Men varför skulle i så fall Fredrik agera så kraftfullt för att du inte ska rota vidare i den fakturan men är angelägen om att du undersöker Brontel i detalj?" frågade Eva.

"Ja det är konstigt, jag vet inte", svarade Bror.

Hon tackade honom för att han ringt. Hon lovade att berätta vad hon kom fram till när hon fortsatte sina förhör.

Alltid något tänkte Bror och insåg att han blev glad bara av det faktum att Eva lovade ringa tillbaka.

37

Medella
Onsdag vecka 5

Det var med en viss oro i magen som Bror kom tillbaka till Medella. Det påminde faktiskt om första dagen på uppdraget. Den gången hade han varit nervös inför att träffa Mark, den här gången var det inför att träffa Fredrik.

Visserligen hade han ju fått fortsatt förtroende från styrelsen, men lite konstigt kändes det ju eftersom han förra gången han träffade Fredrik blivit utslängd från företaget.

Karin från kundsupport mötte upp och visade honom till en arbetsplats han kunde få använda. En aning stelt var det allt, det var nog allmänt känt att han blivit utslängd. Det hade ju varit ett uppträdande som inte kunde gått någon förbi.

Han loggade in på sitt konto och gick tillbaka till de projektdokument han skapat relaterat till det nya kunddatasystemet. Dokumenten var välstrukturerade och bra genomarbetade. Utmärkt att han varit så pass ordentlig. Det var lätt att fräscha upp läget. Projektplanen kändes fortfarande aktuell det var bara att uppdatera tidplanen efter avbrottet med kvartalsbokslutet.

Vissa uppgifter som hade bäring på kunddatasystemet hade ju också kommit fram under arbetet med bokslutet och han bestämde sig för att uppdatera dokumentationen omgående.

Fredrik hade han inte sett till men när han gick ut till pentryt för en kopp kaffe fick han se honom och Magnus Ek komma ut från Fredriks rum. Det var mitt uppe i en intensiv diskussion som de fortsatte med ut i korridoren. De verkade inte irriterade på varandra men ämnet var angeläget för bägge, det märkte man tydligt. Gällde samtalet honom själv och hans uppdrag eller något annat?

Magnus tog i hand och lämnade företaget varpå Fredrik gick ner mot fikarummet. Bror hade gått undan så att det inte skulle märkas att han noterat deras samtal. Han tänkte, det var väl lika bra att stå kvar här, någon gång måste han ju träffa Fredrik på nytt. Att stöta ihop i fikarummet tillsammans med övriga anställda och en kaffekopp i handen var kanske inte fel plats alls.

"Hej och välkommen tillbaka", sa Fredrik med en väl överdriven entusiasm tyckte Bror. Men hellre en falsk optimism än butterhet och avoghet.

"Tack, skoj att vara tillbaka, ska bli skönt att komma igång med det ursprungliga uppdraget", sa Bror mycket för att tona ner konfliktområdet med fakturan som ju dök upp under hans ekonomichefsvikariat.

"Ja nu är ju Lennart tillbaka så nu kan vi hantera fakturafrågor själva", sa Fredrik med en mycket tydlig markering mot Bror att han skulle hålla sig undan från ekonomifrågor. I alla fall upplevde Bror det så.

"Kan vi inte ha en avstämning kring kunddatasystemet när du hunnit ikapp lite i eftermiddag, ska vi säga vid tre", sa Fredrik och lämnade fikarummet med en färsk kopp kaffe i handen.

Visserligen kändes det som om han inte riktigt var glad åt att Bror var tillbaka. Men han hade väl fått sina direktiv och ville göra det bästa av situationen. Det här kändes ju ändå mycket bättre än Bror vågat hoppas på.

Bror gick tillbaka till sitt kontor och tittade igenom sin tidplan ytterligare en gång. Alla säljintervjuerna var avklarade. Nu gällde det att fortsätta intervjuerna med kundsupportgänget.

Han gick bort till Karin och småpratade lite och fick intrycket av att Fredriks hjärtliga välkomnande i fikarummet trots allt tagit bort en del av den spända stämning som rådde när han kom till kontoret på morgonen. Tillsammans gjorde de upp en tidplan för intervjuerna och han skulle bli klar för en första faktasammanställning i mitten av nästa vecka.

Att rota runt i fakturan från Armintag skulle han hålla sig borta ifrån ett bra tag framöver. Nu gällde det att visa att han fokuserade fullt ut på kunddataprojektet. Både mot Fredrik och mot resten av personalen.

Vid lunch kom Karin och ett antal kollegor till henne förbi och tog med honom ut på lunch. Många var nyfikna på hans besök i England och ställde en hel del frågor kring Watford. Han lyckades hålla samtalet allmänt utan att gå in på något som var känsligt och stämningen var god under hela lunchen.

På vägen tillbaka kom han och Karin för sig själva och hon frågade rakt ut vad det var som hänt när han blev utslängd. Han sa i princip som det var att de blivit oense om en ekonomifråga och att det inte alls hade något med kunddatasystemet att göra. Hon accepterade hans förklaring men han kunde ana att ämnet hade varit populärt de senaste dagarna och att hon inte fullt ut köpte hans förklaring.

Vid fikat såg han på nytt att Magnus och Fredrik satt och diskuterade. Nu verkade ämnet både irriterat och känsligt. Fredrik slängde med huvudet åt Brors plats i kontoret och avslutade samtalet uppenbart irriterat. Vad kunde det gälla, pratade de om honom eller var han bara sjukligt misstänksam.

Han gick undan så att de inte skulle upptäcka att han stått och tittat åt deras håll. Utan tvekan började han få förföljelsemani. Det fanns ju massor med ämnen som en vd och en styrelserepresentant kunde prata om utan att det nödvändigtvis skulle ha med honom att göra. Men fullt ut kunde han inte koppla bort det faktum att Fredrik bara för ett antal dagar sedan slängt ut honom och att Magnus varit starkt kritisk mot att han skulle få fortsätta sitt uppdrag på Medella. Å andra sidan kändes det ju konstigt att just Magnus och Fredrik träffades så här på kontoret. Var det inte rimligare att alla diskussioner mellan styrelsen och Fredrik togs på styrelsemöten. Men Magnus och Fredrik kunde ju ha något projekt som Bror inte kände till. Nu fick det vara nog med spekulationer.

Vid tre på eftermiddagen knackade Bror på hos Fredrik och gick in. Fredrik hade ett stort kontor med ett litet konferensbord på rummet där man kunde ha möten med upp till fyra personer.

"Jag vill be om ursäkt för mitt uppförande i förra veckan. Jag hoppas du kan acceptera det så vi kan lägga den händelsen bakom oss", sa Fredrik mer som ett direktiv än som en fråga.

"Javisst inga problem, nu är jag sugen på att fortsätta med kunduppföljningssystemet", svarade Bror.

Sedan gick de igenom den tidplan som Bror tagit fram och vilka korrigeringar som varit nödvändiga på grund av avbrottet med bokslutet.

Bror redovisade sin nya plan som indikerade att fas ett med faktasammanställning borde vara klar i mitten av nästa vecka. Intervjuerna av säljarna sammanfattade Bror snabbt och pekade på vilka frågor som var viktiga att få fakta kring under de fortsatta dialogerna med kundsupporten.

Fredrik förslog att de skulle kalla samman säljarna och vissa kundsupportmedarbetare till en tvådagars konferens där Bror fick redovisa sin faktasammanställning och att man tillsammans kunde förankra hur arbetet med fas två skulle gå till.

En utmärkt idé tyckte Bror och kände att det var ju det här han fått i uppdrag att göra och nu såg han verkligen fram emot att kunna ta tag i det och släppa allt privatsnokande för ett tag.

Fredrik lovade att boka in träffen och kalla alla som skulle delta. De kom överens om tisdag till onsdag nästa vecka, en träff lunch till lunch någonstans. Bror fick lite kortare tid på sig med kundsupportgänget men det skulle nog fungera. Det blev endast personal från kontoret i Göteborg vid denna träff. Det skulle troligtvis behövas fler möten framöver och då skulle man eventuellt ta med personal från övriga länder i Europa också. Fredrik berättade att Filip skulle ta över England tills vidare. Mordet och Brians försvinnande hade ju ställt till det en aning och en del större kunder hade börjat undra.

Tydligen hade inte Fredrik fått reda på att Mark och Brian var samma person. En nyhet som nog polisen fick delge, Bror hade ingen lust att avslöja att han hade specialinformation kring utredningen.

En bra dag, det kändes som om det ursprungliga uppdraget nu var på gång igen. Det var ju det som Bror var anställd för och som han tyckte var riktigt roligt. Ett tag hade han ju blivit förtjust i privatsnokandet också men just nu hade han inga problem med att lägga den delen på hyllan för gott.

38

Watford
Onsdag vecka 5

Kvällen hade varit mycket trevlig. Evelyn och Eva hade beslutat sig för en pubkväll med öl och god mat. Skönt att kunna blanda jobbsnack och tjejsnack, som omväxling till den väl grabbiga atmosfären på polishuset i Göteborg.

Visserligen var Evelyn betydligt äldre men det märkte hon inget av. De var precis som två jämnåriga bästisar ute på staden. Lite konstiga kompisar kanske då de stora delarna av kvällen diskuterade sitt mordfall, men ändå mycket gemytligt.

Kvällen blev lite väl sen med tanke på att de skulle träffas utanför hotellet redan vid åtta för att tillsammans söka upp Medellas kontor.

Nyheten om att Brian och Mark var en och samma person hade ju fått fallet att ta en ny vändning.

Evelyn såg faktisk ännu mer sliten ut än Eva kände sig, och Eva mådde inte speciellt bra. Det hade blivit många öl kvällen innan. Förmodligen såg inte Eva speciellt fräsch ut heller. Men nu gällde det att skärpa sig och komma igång med utredningen.

Evelyn berättade att man identifierat ett antal personer som hade tillgång till industriområdet. Det visade sig att man inofficiellt hyrt ut lokalen till olika bekanta under en längre tid. En uthyrning som gick på sidan om fastighetsbolaget. Det skulle nog bli en del mellanchefer på företaget som hade svårt att förklara sin privata sidoverksamhet för sina chefer i bolaget. Det lutade åt att Colin hade varit en av de drivande i denna verksamhet och därför varit en aning reserverad vid samtalet. Personerna skulle intervjuas löpande så fort som möjligt. Man skulle börja med de som hade egna nycklar och sedan de man visste kände till den hemliga nyckeln. Framförallt var man intresserade av att kunna ringa in dödsögonblicket bättre. Eftersom Mark legat död en längre tid var man inte säkra.

Inför besöket på Medellas kontorshotellet hade de tagit med sig ett stort antal fotografier som man tänkte visa upp för personalen. Sedan tidigare hade ju receptionisterna berättat om minst två personer som varit där och besökt Brian, eller skulle man kalla honom Mark. Man beslöt sig för att genomgående kalla honom Mark och inte fortsätta använda hans alias Brian.

Kontorshotellet hade ställt ett konferensrum till förfogande och tagit in extra personal så att man kunde intervjua den ordinarier personalen i lugn och ro.

Tjejerna, jag det var enbart tjejer, var märkbart tagna av situationen. Att en person som man träffat av och till under en längre tid var mördad hade lämnat ett märkbart intryck.

Den första bekräftelsen var att den mördade Mark och Brian var en och samma person. Alla fyra i personalen bekräftade detta entydigt.

Sedan identifierades Peter Harrow som den person som varit uppe på kontoret tidigare ett antal veckor före försvinnandet och haft ett hetsigt samtal med Mark.

Ingen kände igen Colin eller Daniel och inga besökare förutom ekonomikonsulten hade varit kvinnor.

Däremot hade man fortfarande en okänd besökare som besökt Mark på fredagen och sedan lämnat kontoret tillsammans med honom. En av tjejerna hade trott sig höra att de pratade svenska men var inte helt säker på det. Den okände pratade i telefon och det kunde ju varit med någon i telefon han pratat svenska. Signalementet var ganska oprecist och kunde stämma in på nästan vem som helst. Så här hade man en nöt att knäcka.

En man, kanske svensk, hade besökt Mark och de hade lämnat kontoret tillsammans. Alla var överens om att det var sista gången man såg Mark. Tidpunkten hade varit cirka fyra på eftermiddagen.

Nästa förhör var med Alan Jones, målvakten som hämtat ut pengar för Brontel.

Historien som han berättade stämde helt överens med den som Bror återberättat. Han identifierade Mark på fotografiet utan tvekan.

Men mycket mer fick de inte fram. Dock hade man nu bekräftat att det var Mark som även skickat fakturorna från Brontel och på så sätt skaffat sig en betydande sidoinkomst förutom sin lön från Medella hemma i Sverige.

Eva berättade att hon fått information från sin konsult på företaget att fakturorna var betydligt högre än en normal konsultfaktura för en inhyrd platschef.

"Varför rodnar du när du hänvisar till din källa inne på Medella?" undrade Evelyn med ett leende på läpparna.

Pinsamt, varför kan man inte kontrollera sitt ansikte bättre, tänkte Eva. Men varför inte berätta som det var, hon hade ju fått bra kontakt med Evelyn så hon berättade om Bror och ja lite småförtjust var hon allt.

"Håll bara isär din utredning och det privata, det slutar nästan alltid illa om man inte klarar det."

"Jo jag vet, han försökte bjuda ut mig och jag tackade nej. Men jag kan inte hjälpa att han är både söt och trevlig. Men utredningen först sedan får vi se", sa Eva och markerade att ämnet var slutdiskuterat.

Nästa besök var hos Peter och Macy i Horsham. Återigen fick Eva återberätta för Evelyn vad Bror kommit fram till på väg till Horsham.

"En riktigt privatdetektiv minsann, han har ju luskat ut en hel del intressanta uppgifter", sa Evelyn.

"Jo visst är det så", sa Eva men markerade tydligt att hon inte ville fortsätta den diskussionen.

Intervjun med Peter Harrow blev intressant. Givetvis hade han läst om nyheten att Mark hittats mördad och han sa att han samtidigt saknade sin gamle vän och på samma gång kände att skitstöveln som förstört så mycket för honom fått vad han förtjänat. Nej givetvis förtjänar ingen att dö hade han rättat sig, men det kändes som en överslätning tyckte både Eva och Evelyn när de diskuterade mötet efteråt.

När de senare berättade att man identifierat honom via personalen i receptionen blev han märkbart irriterade, ställde sig upp och blev högröd i ansiktet. Han verkade ha ett hetsigt temperament.

Han berättade att han tänkt besöka Brian men när han kom till kontoret var endast Mark där. Mötet blev inte ett kärt återseende utan Peter hade, när han ställdes framför Mark, inte kunnat låta bli att vräka ur sig sin frustration över hur han blivit behandlad och hur Mark som han ändå betraktat som en vän hade kunnat svika honom så.

Eva och Evelyn tittade på varandra. Peter visste tydligen inte att Mark och Brian var en och samma person. Det var märkligt hur man kan ha en dialog med varandra utan att prata. Bägge insåg att man först övervägde om man skull hålla inne med informationen men sedan insåg både två att det skulle komma ut ändå varpå bägge nästan samtidigt skakade på huvudet åt varandra.

"Vad håller ni på med?" undrade Peter.

Evelyn förklarade att de hade haft en tyst överläggning och att man sedan kommit överens om att berätta att Mark och Brian var en och samma person.

Om inte Peter var en otroligt duktig skådespelare så var det uppenbart att han inte visste om detta. Han såg ut som en fisk på torra land och bad Evelyn berätta en gång till.

"Vet ni varför?" undrade Peter.

"Nej, vet du? Vi misstänker ekonomiska orsaker men är inte säkra."

De avlutade med att fråga vad han gjort helgen då man

misstänkte att Mark mördats men han hade varit hemma, inga besök, inget alibi.

Den avslutande intervjun med Macy blev kort. När de berättade att Mark och Brian var samma person och att Mark haft två familjer var hon inte speciellt förvånad.

"Då var det väl hans engelska fru som jag såg uppe i Welvyn Park, eller hur?"

Inte heller Macy hade något alibi för mordhelgen, men det kändes som om hon lämnat detta bakom sig och gått vidare. Men det kan man ju aldrig veta konstaterade de när de summerade dagen.

På kvällen åkte Eva tillbaka ut mot Heathrow och vidare hem till Göteborg.

Väl ombord på flygplanet slappade hon av och lät tankarna vandra fritt. Man hade mera fakta men det var fortfarande många lösa trådar i denna utredning tänkte hon. En viktig sak dök upp i bakhuvudet men försvann i samma ögonblick som hon somnade och sov hela vägen fram till landningen på Landvetter.

39

Medella
Torsdag vecka 5

Stämningen var avsevärt bättre på kontoret. Inbjudan till konferensen hade kommit ut och många av säljarna och även en del från kundsupporten hade varit förbi och pratat med Bror. Alla såg fram emot konferensen. Händelserna med Mark och kontoret i England hade fått även de som varit motsträviga att inse att man behövde en gemensam kunddatabas där man hade koll på kunder och aktiviteter.

Filip, som skull ta över England, kom förbi och ville bli uppdaterad med allt som Bror lyckats luska ut om hur det fungerade där nere. Han undrade om han trodde att man skulle kunna ta tillbaka Peter Harrow. Bror sa att det kanske inte var en dålig idé, men att man borde låta mordutredningen avslutas först. Han visste inte, men Peter kunde ju eventuellt vara en misstänkt.

"Lägg av, det menar du inte!", sa Filip.

"Nej det gör jag egentligen inte. Men Peter var väldigt besviken på hur han blev behandlad och det gör honom nog till en potentiell misstänkt. Så jag skulle avvakta några veckor."

Konferensen var samtalsämnet nummer ett. Försvinnanden och mord hade dominerat samtalen i kontoret under många veckor så det var uppenbart att konferensen blev ett välkommet avbrott och lite av en nystart.

Bror hade engagerat Filip och en säljare till att presentera sin syn på sina marknader samt Karin på kundsupporten att berätta om deras behov och förväntningar.

Han hade även identifierat två övningar där man skulle diskutera behoven för hela bolaget och ta fram någon form av önskelista. Det här skulle bli bra. Dessutom var det ju det här som han tyckte var roligt. Att hjälpa till att utveckla och förfina rutiner och hjälpmedel ute på företag.

Mordutredningen fick polisen hantera. Han tänkte även ringa tillbaka till Birger och meddela att han inte ville rota vidare i fakturan från Armintag. Han ville lägga det bakom sig för gott och kunna fokusera på sitt ursprungliga uppdrag. Men det fick vänta till efter helgen då Birger var bortrest några dagar.

Hela säljgänget och kundsupport gick på en gemensam lunch och han reflekterade över hur mycket bättre stämningen var. Konstigt egentligen, stämningen var bättre nu när Mark hittats mördad än när han var försvunnen. Men kontoret reagerade väl som han själv, nu var det ett polisärende och hade inget med Medella att göra.

Tillbaka efter lunchen jobbade Bror vidare med att förbereda konferensen. Gruppövningarna skulle säljarna ta ansvar för. Själv skulle han arbeta igenom en bra presentation med tidplan och en modell för ett steg för steg införande.

Så ringde telefonen, uppringaren var från England. Vad var nu detta undrade Bror?

"Hej det är Jane, ekonomikonsulten. Har du tid en stund?"

Egentligen ville han inte lyssna. Han hade ju beslutat sig för att bara ägna sig åt kunddatasystemet och han anade att det här skulle dra tillbaka honom i snokandet.

Mycket riktigt. Jane hade blivit så nyfiken på den här fakturan från Armintag så att hon hade på eget bevåg gjort några efterforskningar. Så när hon så frågade om han ville höra så kunde han inte stå emot.

Hon hade lyckats spåra Armintag tillbaka till en advokatbyrå som hanterade deras affärer. Efter ett antal påtryckningar hade advokaten som hanterade Armintag, Peter Stock, motvilligt gå med på att träffa Jane.

Bolaget var fortsatt precis så hemligt som man redan visste.

Advokaten hade aldrig träffat uppdragsgivarna utan han hade ett uppdrag som gick ut på att sköta bokföring, deklaration samt efter att behållit sitt arvode föra över de resterande pengarna i tre lika delar till tre nummerkonton i Schweiz.

Upplägget var udda men han kunde inte se att det var någon ljusskydd verksamhet. Man skötte betalning av skatt och deklarationer. Företaget var helt utan anmärkningar.

När hon hade frågat om han visste vem de tre nummerkontona tillhörde sa han att det hade han ingen aning om. Jane hade pressat honom i frågan men konstaterat att han troligtvis var uppriktig. Officiellt stod han själv som delgivningsbar person. Uppdraget var mycket lönsamt med små arbetsinsatser.

Jane hade frågat honom om han inte hade dåligt samvete. Det var ju uppenbarligen en verksamhet som inte tålde insyn. Han höll inte med. Alla fakturor ställdes till Medella och om de attesterade fakturorna så var det väl inte upp till honom att ifrågasätta. När Jane hade tryckt på om man inte myglade sig undan lönebeskattning blev han diffus i sina svar men tyckte att det var ju ett problem för de som ägde nummerkontona.

"Kan man via någon laglig väg begära ut namn på kontoinnehavarna?" undrade Bror.

"Ja, det är möjligt idag men det måste i så fall finnas en brottsmisstanke. Så jag tror det är omöjligt om man inte kan hitta en sådan."

"Ja då kommer vi väl inte vidare då."

"Nej, men jag ville bara berätta. Jo det var en sak till. Han berättade att det första halvåret sattes alla pengar in på ett konto, sedan ändrades rutinen till att fördelas mot tre konton."

Det här var ju intressant. Nu kunde han ju göra en slutrapport om fakturorna från Armintag till Agneta i styrelsen och sedan släppa frågan.

Om hon ville driva den vidare fick hon nog ta ett enskilt

samtal med Fredrik. Den diskussionen ville inte Bror bli inblandad i.

Självklart var det ju något skumt med Armintag. Men det var inte hans fråga längre. Vid tillfälle skulle han berätta för Eva men i dagsläget kändes det inte prioriterat.

40

Medella
Fredag vecka 5

Fredagen fortsatte med god stämning och konferensen höll på att blåsas upp till något mycket mer än vad det var ämnat till. Men det var trevligt att stämningen vänt och Bror ville inte bli en sur gubbe och dra ner förväntningarna utan han hängde på.

Strax före lunch kom ekonomichefen förbi och ville ha en avstämning. Dra inte in mig i röran kring fakturorna igen, tänkte Bror. Men han kände att han inte kunde vara otrevlig och säga ifrån.

De gjorde en ganska snabb avstämning kring bokslutet och Bror insåg att det hade varit en förevändning för att få prata av sig om något. Fredrik var bortrest över fredagen och det var säkert ett av skälen till att ekonomichefen passade på. Troligtvis ville inte han heller att Fredrik skulle se att de pratade ihop sig. Han undrade om det fanns någon på kontoret som skulle skvallra tänkte Bror, det kunde bli besvärlig i så fall.

Bror hade fruktat att fakturorna skulle dyka upp igen men de gjorde de inte. Istället berättade Lennart om företagets lönsamhet och de problem man haft de senaste två åren.

Så började han skvallra om Fredrik. Han undrade om Bror kände till hans relation med Marks dotter och tyckte själv att det var konstigt att en ung tjej kunde falla för någon som faktiskt kunde vara hennes far.

Bror påpekade att så konstigt var väl inte det. Det fanns ju mängder av förhållanden med stora åldersskillnader och markerade tydligt att han inte ville fortsätta den diskussionen.

"Det ryktas dessutom om att Fredrik är svår på olika typer av spel. Han spelar både på casinon och på nätet har jag hört."

"Nej nu tror jag vi bryter, du får ursäkta men jag vill inte sitta och skvallra om Fredrik som konsult på bolaget."

Lennart surnade ihop och lämnade rummet.

Bror ogillade skvaller men han erkände för sig själv att han fått intressant information. Spelberoende hade han ju hört kunde ruinera personer, även de som hade det gott ställt.

Kunde det här innebära att Fredrik hade ekonomiska problem? Kunde det innebära att han var inblandad i fakturorna från Armintag?

Att han varit så kallsinnig till att utreda dessa fakturor kunde ju faktiskt tyda på det. Det som Jane berättat visade ju också att i och med att fakturan var attesterad, i det här fallet av vd, så fanns det ju ingen på bolaget som ifrågasatte dessa. Nästa steg var ju styrelsen och de skulle ju i normalfallet aldrig lägga sig i en operativ fråga som attest av en enskild faktura. Dessutom var man ju inte överens inom styrelsen, Agneta var misstänksam medan Magnus Ek stöttade Fredrik helhjärtat.

Men det var inte hans sak. Agneta fick ta upp detta med Fredrik, han skulle inte vara inblandad.

Till lunch så hamnade Bror tillsammans med Ulrika som var Fredriks assistent. De hade inte pratats vid tidigare och helt plötsligt hade man halkat in på bokslut och ekonomifrågor igen. Ulrika satt ju med på styrelsemötena och berättade att styrelsen varit mycket kritisk till det försämrade resultatet. Även Fredrik hade gått i bräschen för hårdare tag mot kontoret i England som var den resultatenhet som visade sämre siffror.

Den utredningen ledde till att Peter Harrow avskedades och att man flyttade kontoret från Horsham upp till Watford. Tyvärr blev det ingen förbättring av resultatet men helt plötsligt så ville inte Fredrik utreda detta vidare och även Magnus Ek stöttade honom i frågan. De ville att man skulle lugna ner sig och låta den nya organisationen få lugn och ro och hitta sina former utan att man låg på och störde.

Hon hade reagerat på att man över en natt gick från att vara mycket kritiska och ha England under specialbevakning till att helt plötsligt tona ner och vänta in den nya organisationen.

"Ja men det är väl ganska bra att man ger en ny organisation lite lugn och ro", sa Bror.

"Jo det stämmer, men när resultatet fortsatte vara dåligt så måste man väl någon gång ta tillbaka kommandot, men det har man inte gjort. Märkligt tycker jag."

"Skönt att jag inte längre är inblandad i ekonomifrågorna, nu ska jag fokusera helhjärtat på det nya kunddatasystemet", sa Bror och markerade tydligt att diskussionen var avslutad.

Ulrika ursäktade sig och lämnade lunchrestaurangen, märkbart besviken över att inte fått med Bror på lite skvaller.

Bror kände sig riktigt nöjd som hade undvikit att dras in i skvallerkarusellen trots att det kanske stört relationen till Lennart och Ulrika en del.

Väl tillbaka på sin plats kunde inte Bror undgå att fundera över all information som kommit fram denna fredag.

Både det faktum att Fredrik skulle ha ett spelberoende och att han helt plötsligt avbröt uppföljning av England tydde ju på att det förekom något ljusskyggt kring verksamheten. Och eventuellt var Fredrik inblandad.

Men det var som Eva påpekat. Mordet på Mark var en fråga och att det fanns ekonomiska små oegentligheter på ett företag av den här storleken var väl inte så konstigt. Nu var ju Bror bortkopplad från ekonomifrågorna och Eva hade ju hand om utredningen av mordet av Mark.

Även om Bror inte kunde låta bli att spekulera så höll han fast vid sin nya strategi. Strunta i mordet, polisen var bättre lämpad att hantera det och överlåt de ekonomiska frågorna till Fredrik och ekonomichefen.

Han hade ju dessutom via Jane fått fram fakta kring Armintag som han kunde rapportera tillbaka till styrelseordföranden, samt därmed sätta punkt för det sidouppdraget.

Till helgen skulle han åka ut till mamma och pappas sommarstuga vilket skulle bli ett tillfälle att få koppla av och undvika funderingar på mord och möjligt ekonomiskt fiffel.

41

Hallabron
Lördag vecka 5

Skönt att komma ut på landet. Bror älskade sina föräldrars sommarstuga vid Hallabron längst söderut i sjön Tolken. Från början hade det varit en liten stuga utan några som helst bekvämligheter och användes bara på sommaren. Men för några år sedan hade man gjort en rejäl renovering, varmfordrat, dragit in vatten och installerat toalett och dusch. Nu kunde man vara här året runt.

Mamma och pappa hade bjudit dit familjen och syrran skulle visa upp stugan för första gången för Erik. Det skulle bli trevligt. Bror hade åkt med mamma och pappa redan på fredag kväll och Myran och Erik skulle dyka upp till lunch på lördagen.

Att sitta ute vid bryggan, lyssna på tystnaden och studera de miljoner varianter av grönt som fanns i naturen var en upplevelse varje gång. Nu var det vinter, så grönskan var ju begränsad till barrträd och det var torrt och sterilt. Så det var ju inte bästa årstiden att introducera Erik men hade han bara lite fantasi så skulle han nog kunna förställa sig Hallabron även på sommaren.

Mamma hade skapat en varm och skön brasa redan på morgonen och man satt tillsammans och drack kaffe i skenet från elden och njöt tillsammans av den stilla tystnaden.

Mamma behövde ingen hjälp så Bror satte på sig sina stövlar och tog med en kikare för en promenad i skogen runt stugan. En promenadväg som blivit en favorit. Den var cirka sex kilometer lång och tog knappt en timme att gå, om man gick i hyfsad takt. Han skulle vara tillbaka innan Myran och Erik skulle komma. Luften var hög och frisk. Han kände att detta var det han behövde. Här ute i skogen var han så långt borta från intriger, skvaller och mord som man kunde komma. Det här var verkligen avkoppling i sin allra bästa form.

När han lätt svettig kom tillbaka hade redan Myran och hennes kille redan anlänt, tidigare än aviserat. Pappa var ute och visade Erik runt på tomten med alla dess små uthus, sovstugor och snickerier. Givetvis hade pappa även här en liten snickeriverkstad där han stolt pekande ut alla sina favoritmaskiner.

Bror smet in på sitt rum, tvättade av sig och bytte om. Väl ute ur rummet kallade mamma till lunch.

Erik och Myran berättade ivrigt om en ny lägenhet som man varit och tittat på. Den som man funderat på vid middagen i Furuskog hade blivit alldeles för dyr men nu hade man en ny på gång. Mamma hade vant sig med tanken på att de skulle flytta ihop och var inte längre lika reserverad inför deras planer. Erik visade bilderna från mäklarens hemsida på sin Ipad, och alla var väldigt förtjusta. Den här lägenheten var både trevligare och billigare än den förra de tittat på.

Efter kaffet skulle grabbarna ut och fiska. Myran och mamma stannade hemma även om de bägge var förtjusta i fiske. Bror anade att mor och dotter ville få tid för sig själva och det skulle bli färre i båten vilket bara var bra. Den var för liten för fem personer.

Nu var väl säsongen inte så där lämplig för fiske men det var trevlig att komma ut på sjön. Väl påpälsade startade pappa utombordaren och man satte kurs norrut mot ett bra fiskeställe.

Erik visade sig vara en hängiven fiskare och hade även ägnat sig åt flugfiske vilket varken Bror eller hans pappa provat på. Han berättade om ett antal spännande fiskeresor upp till Norge. Bror såg hur nöjd pappa blev och tänkte att det här var nog de närmaste en svärfarsdröm som man kunde komma. Pappa var stormförtjust och mamma verkade ha tinat upp efter sin lite reserverade inställning till deras gemensamma lägenhetsplaner.

Men det blev inget napp men det hade varit bra väder och man kände sig nöjde med turen när man kom tillbaka till stugan på eftermiddagen. Kaffe och smörgåsar väntade på grabbarna när man kom in. Det var friskt ute på sjön och alla var köldbitna i ansiktet så det varma kaffet satt bra. Efter kaffet var det egen tid innan man skulle ses på nytt till middag. Myran och Erik hämtade sina sängkläder och bäddade i sovstugan.

Till middag kom grillen fram. Efter en drink med småvarmt och chips skulle pappa grilla fläskkarré till middag. Det kändes nästan som om det var en sommarmiddag trots att det var sent på hösten. Brasan var tänd på nytt. Levande ljus och mörkret utanför skapade en riktigt mysig stämning. Efter middagen blev det whiskey för killarna och vin för tjejerna, nästan tråkigt traditionellt. Bror såg att mamma var nöjd med att Myran hällde upp vin till sig själv. Det var väl en bekräftelse på att inga barn var på gång. De hade ju inte känt varandra särskilt länge och för Brors egen del hade det blivit jobbigt som singel om Myran både flyttat ihop och väntade barn. Så även han tyckte det var skönt att se att syrran tog vin till maten och till kvällsmyset.

Men till slut kom man fram vid det oundvikliga. Allt som hänt på Medella måste givetvis komma upp till diskussion. Bror fick berätta på nytt för sina nyfikna deltagare. När han kom fram till sitt möte med styrelsen blev han avbruten.

"Den där Magnus Ek har figurerat i affärsskvallret för några år sedan, visste ni det?" sa Erik.

"Nej jag har ingen aning, vad gällde det?" sa Bror och kände att hans nyfikenhet på nytt gjorde sig gällande trots sitt löfte till sig själv att bara fokusera på sitt uppdrag.

"Jo han startade ett företag tillsammans med ett antal killar som gick i konkurs. Det blev en jobbig konkurs och det ryktades om att Magnus skulle tvingas till personlig konkurs också."

"Men det hände inte eller?"

"Nej helt plötsligt verkade han vara på grön kvist igen och dök upp i skvallerpressen tillsammans med vackra damer. Damer som kräver omkostnader om ni förstår vad jag menar."

"Skärp dig, så säger man inte", sa Myran generat.

"Hur blev det, gick bolaget i konkurs?" frågade Bror.

"Jo bolaget gick i konkurs men det blev ingen personlig konkurs. Lite märkligt var det, han hade inga andra bolagsengagemang än Medella. Styrelsearvodet från Medella kan ju inte räcka för hans försörjning. Han har väl något annat uppdrag som inte är allmänt känt."

"När hände det här?"

"Det var för knappt två år sedan, det var mycket skriverier."

"Men han har väl varit styrelsemedlem i Medella längre än så", sa Bror.

"Jo han har nog suttit där i fyra eller fem år. Det ryktades att han skulle slängas ut från styrelsen men han blev räddad kvar främst via Fredrik, företagets vd."

Erik verkade vara en källa till mycket information. Han erkände att han gärna hängde med i skvallret kring företagsvärlden. Som att läsa Hänt i Veckan, men fokus på affärsmän istället för på skådespelare och kändisar.

Diskussionen lämnade Medella och gick över till en vanlig varierad kvällsdiskussion. Men Bror hade svårt att koncentrera sig och vara med. Han kunde inte släppa den nya informationen om Magnus Ek. Han kom ihåg Fredrik och Magnus täta diskussioner på kontoret. Att bägge eventuellt haft olika former av ekonomiska problem samt de mystiska fakturorna blev om möjligt än mer spännande. Han fick erkänna att han hade svårt att hålla sig till sitt löfte att bara fokusera på sitt kunddatasystem.

Privatdetektiven vaknade så sakta till liv igen.

Man skulle åka tillbaka till Göteborg tidigt på söndag morgon. Mamma och pappa skulle åka vidare på sin semesterresa till Thailand på kvällen.

42

Polishuset
Måndag förmiddag vecka 6

Torsdag och fredag hade varit ganska händelselösa. Eva hade sammanfattat sina nya rön från England och försökt strukturera upp informationen. Det fanns många tänkbara förövare samt ingen hade alibin som höll. Den stora frågan var dock vem den okände mannen som träffat Mark på kontoret var? Han var fortfarande inte identifierad och kunde eventuellt vara mördaren.

Dessutom kände hon sig inte nöjd med intervjuerna med Linda och Daniel. Daniel hade varit väldigt vag avseende sitt besök i London och hon kände att Linda dolde något, hon visste dock inte vad. Att hon inte kom ihåg vem som sett brodern i London kändes mycket märkligt. Hon skulle nog behöva prata med syskonen igen, och det snart.

Polisen i England jobbade också vidare med brottsplatsundersökningen och letade upp alla som hade tillgång till lokalen. Evelyn hade lovat höra av sig under dagen.

Strax efter förmiddagsfika ringde så Evelyn. Man har gjort en hel del framsteg. Man visste nu säkert att Mark dödades på plats inne i konferenslokalen och att han sedan flyttades till skjulet. En av de som hade egen nyckel berättade att man haft ett litet föreningsmöte i lokalen fram till sju på kvällen. Ytterligare en annan grupp med egen nyckel hade varit där på lördag förmiddag. De hade konstaterat röda fläckar på golvet som stämde överens med de blodspår som hittats efter Mark. Så mordtiden var nu inringad till efter sju på kvällen och innan tiotiden på lördag. Obducenten hade också bekräftat att han troligen mördades under fredag kväll men han uteslöt inte lördag morgon.

Troligtvis hade ingen använt industriområdet veckorna som följde varför ingen reagerat på liklukten innan grabbarna klättrade in. Den hemliga nyckeln var ju borta vilket kunde vara en av anledningarna till att området inte besökts på länge.

Baserat på detta blev den okände mannen som Mark gick från kontoret med på fredag eftermiddag allt viktigare. Han kunde med stor sannolikhet vara mördaren.

Evelyn hade även på nytt visat bilder av alla tänkbara kända förövare som Peter, Colin och Daniel. Men man var helt säkra, ingen av dessa stämde överens med den som Mark lämnade kontoret med. De skulle dock fortfarande kunna vara inblandade, man kunde ju ha varit flera om dådet. Man hade även visat bilder på Alvin Jones, målvakten på Brontel, men även han hade med stor säkerhet uteslutits.

Så den okände mannen var fortfarande en nyckelfigur. Receptionisterna på kontorshotellet hade också alla bekräftat att de verkade bekanta, så det måste vara någon som Mark kände ganska väl. Men man insåg också att hans affärsrelationer i England var okända, det kunde i princip vara vem som helst som han träffat i arbetet. När man förhört tjejerna i detalj blev man allt mer osäkra på om de bägge pratat svenska med varandra, även om det fortfarande var en möjlighet.

Man diskuterade igenom status och kom överens om att Evelyn skulle fortsätta lokalisera fler brukare av lokalerna samt intervjua Colin och Peter en gång till. Eva skulle intervjua Daniel om hans resa till London samt Fredrik angående Marks dubbelspel med fakturan från Brontel. Dessutom måste hon prata med Linda om vem som såg hennes bror i London.

Eva sökte Fredrik men fick inte tag i honom men Daniel och Linda skulle komma in direkt efter lunch.

Eva hade efter mycket tjat fått en egen skrivtavla monterad i sitt rum. Nu skulle hon göra som detektiverna på tv, rita upp en tidslinje och alla misstänkta på tavlan. Kanske skulle överblicken göra att hon kom vidare.

Mark hade rest ner till London på måndagen veckan innan han mördades. Han hade lämnat kontoret tillsammans med en oidentifierad man på fredag eftermiddag vid fem. Man visste nu att han mördats inne i det stora huset på industriområdet tidigast sju på kvällen och att han var flyttad till skjulet senast tio nästa dag.

Uppenbarligen hade Mark spelat ett dubbelspel mot sin arbetsgivare och tagit ut lön från Sverige och en ansenlig summa som fakturerades via Brontel. Dessutom fanns ju även den andra fakturan från Armintag, men den var nog ett helt eget spår som inte hade med detta att göra. Men Eva noterade den på tavlan i alla fall.

Relationen till den förre platschefen Peter samt hans sekreterare var ansträngd, vilket också gällde Caitlins bror. Dessutom var hon osäker på vad Marks svenska barn egentligen tyckte och om de känt till Marks dubbelspel sedan länge. Samtidigt hade ju vd:n på Medella varit väldigt nyfiken på fakturan från Brontel. Om man lyssnade på Bror så visste han inte om Marks dubbelspel, men det kunde man ju inte vara helt säker på.

Egentligen kom hon inte fram till något nytt. Daniel och Linda samt Fredrik var enda öppningen för att komma vidare.

Jörgen kom förbi och stod i dörren en stund och tittade.

"Ser ut som en deckarserie från USA. Ger det något?"

Eva gick igenom sina funderingar och han höll med om att intervjuer av Fredrik, Daniel och Linda var rätt nästa steg.

"Har du gjort någon bakgrundskoll på dessa tre?" undrade Jörgen.

Pinsamt tänkte Eva, varför har jag inte gjort det? Men det var hennes första utredning och stödet från Björn hade inte blivit så stort som hon hoppats på. Han erbjöd sig att hjälpa till med en snabbkoll innan lunch om hon accepterade att gå ut och äta med honom.

Hon hade nobbat honom ett antal gånger då han varit väl påflugen men i utbyte mot en bakgrundskoll så var ju en gemensam lunch svårt att säga nej till.

Hon sökte på nytt Fredrik men kontoret hade ingen aning om var han var och när man ringde på mobiltelefonen kom man direkt till telefonsvararen.

Jag får åka till Medella det första jag gör imorgon om han inte svarar under eftermiddagen, tänkte Eva.

Jörgen hade inte hittat något speciellt i sin bakgrundskoll av personerna. Fredriks tillgångar hade dock enligt de senaste deklarationerna krympt varje år. Anmärkningsvärt för en person så välbetald som Fredrik var. För Linda och Daniel fanns inget speciellt att notera.

Eva bjöd på en lite finare lunch för att tacka för hjälpen men tackade vänligt nej när den väntade "kan vi äta middag någon gång" kom när man vände tillbaka mot polishuset.

43

Polishuset
Måndag eftermiddag vecka 6

Det var tur att hon bokat in Linda och Daniel först vid halv två eftersom lunchen blev mer långdragen än hon tänkt sig. Men hon insåg att hon måste vårda sina kontakter med kollegorna samtidigt som hon parerade oönskade inviter. Men lunchen hade gått bra och Jörgen var inte märkbart sur för att hon tackade nej till middag.

Precis på klockslaget ringde det från receptionen och meddelade att hon har besök som väntar.

Hon märkte redan när hon kom ner att det var något som tryckte syskonen. Man tittade nervöst på varandra och verkade allt annat än bekväma med situationen. Tyvärr hade hon inte fått med sig vare sig Björn eller någon annan kollega på förhöret, vilket hade varit bra. Många av hennes kollegor var betydligt bättre på att hantera den här typen av situationer. Eva kände sig nästan lika obekväm som syskonen.

Efter den obligatoriska kaffehämtningen kom man så in i det rum som Eva bokat. Så fort man satt sig ner började Linda gråta hysteriskt och Daniel höll om sin syster och försökte lugna ner henne.

"Har det hänt något speciellt?" frågade Eva. Hon kom inte på något bättre att säga.

"Nej, men vi har inte berättat allt tidigare och framförallt Linda tycker detta är jättejobbigt", sa Daniel med ett lugn som inte stämde överens med hans uppträdande. Han grät visserligen inte men verkade minst sagt lika nervös och obekväm som sin syster.

"Drick lite kaffe och lugna ner er, vi har gått om tid. Börja berätta när ni känner er mogna för det", sa Eva lugnt och stilla. Trots att hon egentligen satt som på nålar och helst av allt ville pressa syskonen till att börja på en gång. Hon kände tydligt att det här kunde vara ett genombrott. Hon var förvånad över sig själv, att hon kunde vara så lugn och saklig.

"Jag går och hämtar vatten så kan ni smala ihop er, jag är tillbaka om fem minuter", sa Eva och lämnade syskonen i lugn och ro.

Väl tillbaka hade Linda samlat ihop sig och var beredd att börja berätta.

"Jag berättade ju tidigare att en väninna sett Daniel i London samma vecka som pappa försvann. Det var inte riktigt sant. Det var jag som såg Daniel för jag var också i London."

Eva kände sig överrumplad, det här hade hon inte väntat sig.

"Varför har du inte berättat detta tidigare?"

"Jag hade lovat Fredrik att inte säga något. Men nu verkar han strunta i mig och svarar inte när jag ringer så nu tänker jag inte hålla fast vid löftet. Dessutom har Daniel berättat vad han gjorde i London så jag vet att han inte har något att göra med pappas försvinnande."

Orden forsade ur Linda och Eva hade svårt att hänga med.

"Nu tar vi om detta, steg för steg. Vem är Fredrik?"

"Fredrik Hylle, han som är vd på Medella. Vi har sällskapat en tid och han krävde att jag inte skulle berätta något om vår resa till London. Men nu verkar han inte bry sig om mig längre och svarar inte när jag ringer, så nu orkar jag inte hålla detta hemligt längre."

"Hur kommer det sig att du inte har några misstankar mot Daniel?"

"Jag har inte vågat fråga Daniel tidigare, men när jag tog upp det i helgen och vi pratade igenom det hela så insåg jag att mina misstankar var ogrundade", sa Linda.

"Men varför kunde du inte berätta mer om ditt besök i London vid vårt senaste förhör, insåg du inte att det fick dig att framstå som misstänkt", frågade Eva vänd till Daniel.

"Jag var där med min pojkvän Mikael. Mamma och Linda har inte vetat om att jag är homosexuell och jag kom mig inte för att ljuga ihop en trovärdig historia. Men nu har jag berättat och Mikael är introducerad i familjen."

Eva kände att hon behövde samla ihop sig och sammanfattade samtalet så här långt. Linda hade varit i London tillsammans med Fredrik och där fått syn på sin bror. Daniel hade inte velat berätta om sitt förhållande med Mikael och därför vägrat svara på vad han gjort i London. En möjlig historia men den kunde lika gärna vara påhittad. Eva fick telefonnumret till Mikael för att få berättelsen bekräftad.

"Ni får medge att historien känns osannolik, men låt oss återgå till ditt besök tillsammans med Fredrik. Berätta vad gjorde ni och när åkte ni hem?"

"Vi kom dit på tisdag, åkte runt till de vanliga sevärdheterna och sedan åkte jag hem på torsdag. Fredrik stannade för han hade några affärsbesök på fredag. Han skulle komma hem på fredag kväll."

"Kom han hem på fredag?"

"Det vet jag inte, vi hördes av först på söndag", sa Linda frågande.

Det här var verkligen ett genombrott. Nu fanns det helt plötsligt ytterligare en misstänkt som kunde ha varit i London på fredag kväll. Det här måste hon ta tag i omgående.

"Jag skulle vilja avbryta här och nu. Kan ni komma in imorgon så får vi dokumentera det här förhöret. Ni måste underteckna det vi pratat om."

"Förresten vilket flygbolag åkte du och Fredrik med?" undrade Eva när syskonen var på väg ut ur rummet.

Så fort som syskonen lämnat sprang Eva upp till sitt kontor. Hon surfade efter Fredrik och fick fram ett antal bra bilder. Hon ringde ner till London men Evelyn var inte tillgänglig. Hon mejlade ner bilden av Fredrik och bad henne stämma av den med kontorshotellet.

Därefter ringde hon flygbolaget och kontrollerade passagerarlistor från London på fredagen, men Fredrik fanns inte med på någon av dem. Han kunde givetvis ha flugit hem med ett annat bolag men troligtvis var han kvar över fredag natt.

Flygbolaget ringde tillbaka efter någon timme och berättade att han bokat om sitt flyg tillbaka till Göteborg till söndag förmiddag.

Hon försökte komma i kontakt med Fredrik men ingen på Medella visste var han befann sig och han svarade inte på telefon.

Vid fyratiden ringde så Evelyn tillbaka från London. Kontorshotellet bekräftade att det var Fredrik som lämnat kontoret tillsammans med Mark på fredag kväll.

Eva kvitterade ut en bil och körde med högsta fart mot Medella. På kontoret fick hon reda på att försäljningsavdelningen skulle samlas på ett konferenscenter nästa dag för att diskutera det nya kunddatasystemet. Konferensen var inbokad på Hällsnäs konferenscenter utanför Mölnlycke. Fredriks sekreterare var också irriterad över att Fredrik inte svarade i telefon men sa att det hänt förr, strax före större evenemang som konferensen som var inplanerad till morgondagen.

"Han kanske är ute på konferenscentret för att förbereda", förslog hon.

Eva ringde centret men kom till en telefonsvarare. Hon fick lämna ett meddelande. Via sekreteraren fick hon Fredriks hemadress. Skulle hon åka hem till honom. Inte så klokt, var han mördaren borde hon ha med sig någon kollega. Hon skulle inte göra som på tv och åka hem ensam till någon som kunde vara potentiellt farlig.

Väl tillbaka på polishuset pratade hon igenom situationen med Björn som för en gångs skull var tillgänglig. Han tyckte man kunde vänta in morgondagen. Försäljningsavdelningen skulle ju samlas ute på Hällsnäs så de kunde ju åka dit och konfrontera Fredrik på morgonen. Evas försök att stå på sig för ett besök till Fredriks hem gav inget resultat.

Det var uppenbart att Björn inte trodde att Fredrik kunde var inblandad. Han var ökänd för att vara mycket försiktig till åtgärder mot höga befattningshavare i näringslivet, hade hon hört via skvallret i korridorerna, och nu fick hon det bekräftat.

44

Fredbergsgatan
Måndag kväll vecka 6

Bror kände sig tillfreds med dagen. Han hade arbetat hemifrån och förberett morgondagen konferens. Efter ett antal försök hade han fått till en bra struktur, blandat föredrag med små grupparbeten. Han var mycket nöjd och såg fram emot tisdagen.

Vid sextiden på kvällen var han helt utpumpad och beslöt sig för att varva ner, äta en bit mat och ta det lugnt. Titta på någon tv-serie och bara slappa resten av kvällen.

Han ringde ner till den indiska restaurangen vid Järntorget och beställde hämtmat. Att laga till något själv hade han ingen lust med och att gå ut ensam och äta kände han inte för. Systembolaget fick ett litet besök och han köpte med en god tjeckisk öl som skulle passa bra tillsammans med maten.

Morgondagen upplevde han som ett bra avstamp inför det kommande arbetet. Han kände att han allt mer släppte på sina privatdetektivambitioner och fokuserade fullt ut på sitt uppdrag hos Medella. Fick han en bra respons imorgon skulle införande gå så mycket lättare. Det skulle bli skönt att slutföra projektet och om några månader få börja med ett nytt uppdrag. Ett uppdrag som förhoppningsvis skulle vara mer rakt på och inte en massa intriger och konflikter som skulle hanteras. Samtidigt så visste han att helt utan intressekonflikter så skulle uppdraget också bli tråkigt. Som vanligt, lagom var bäst, i detta mellanmjölkens land.

Samtidigt så saknade han kontakten med Eva. Skulle han få möjlighet att träffa henne igen. Troligtvis inte, nu var han ju helt bortkopplad från försvinnandet och mordet så det skulle inte bli helt lätt att få till en förnyad kontakt. Samtidigt så var han minst sagt förtjust och det var länge sedan han träffat en tjej som han var intresserad av. Men vill man dejta en polis, eller varför inte. Det här krävde vidare funderingar innan han visste hur han skulle gå vidare.

Maten smakade bra. Den kryddiga grytan tillsammans med Naanbrödet och den kalla ölen var en perfekt kombination. Tråkigt att äta ensam men efter dagens intensiva arbete kändes ensamheten helt rätt. För varje tugga och varje klunk öl kände han att han laddade batteriet för en bra morgondag.

Telefonen ringde när han nästan slumrat till framför tv:n och han kände själv hur slö han lät när han svarade.

"Hej, låg du och sov? Vi har fått ett problem", sa en hurtfrisk Fredrik.

"Konferensstället har blivit dubbelbokat så vi kan inte vara på Hällsnäs imorgon. Men jag har fixat ett annat ställe. Jag har ordnat med en stor sommarstuga där vi kan vara imorgon, så det löser sig. Men du måste ta med egna sängkläder, men det är väl inget problem", förklarade Fredrik.

"Vet alla om vart de ska och hur kommer jag dit?" undrade Bror.

"Jag tar på mig att informera alla andra. Jag hämtar upp dig utanför din lägenhet vid sju imorgon om det passar. Vi kan förbereda under förmiddagen innan de andra dyker upp."

"Synd att det strulande med bokningen men bra att du fixat ett alternativ som låter minst lika bra. Ska jag inte hjälpa dig att meddela den nya adressen?"

"Nej, det fixar jag, jag förmodar att du förberett dig hela dagen så ta det lugnt och möt upp oss imorgon så fixar vi till en toppenkonferens."

"Ska bli, vi syns."

Alltid tråkigt när det strulade men en privat sommarstuga

kunde skapa en mycket trevligare atmosfär än alla dessa konferensställen som alla såg likadana ut. Så det här blev kanske ännu bättre.

45

Fredbergsgatan
Tisdag morgon vecka 6

Bror vaknade tidigt på tisdag morgon. Han kände att han var lite nervös inför dagens möte. Trots allt hade ju tiden på Medella varit minst sagt omtumlande. Men Fredrik verkade ju ha förlikat sig med att Bror kommit tillbaka. Men var det helhjärtat eller hade han blivit tillsagd av sin styrelseordförande. Det senare trodde Bror själv. Men dagen skulle bli intressant iallafall. Vädret var vackert så Bror beslöt sig för att gå ut och vänta. Det var få människor i rörelse så här tidigt på morgonen och det var ovanligt lugnt och tyst för att vara mitt i staden. Han undrade vart de ska åka när en bil dök upp bakom knuten. I bilen satt Fredrik och Magnus Ek som tydligen också skulle med på konferensen.

"Hej, Magnus har du väl träffat tidigare. Han är mycket intresserad av ditt projekt och han är även vår värd för konferensen."

Bror hälsade som hastigast på Magnus, stuvade in sina väskor i bagageutrymmet och satt sig i baksätet. Det var märkligt, hade även han bytt åsikt. Han hade ju inte varit speciellt intresserad när han träffade styrelsen för ett antal veckor sedan. Men å andra sidan var det ju positivt, var även styrelsen med på noterna fullt ut, så kunde ju det här bli riktigt bra.

"Vart är vi på väg?" undrade Bror.

"Jo familjen har en gammal bondgård i närheten av sjön

Tolken där vi ska vara idag och imorgon. Gården är stor så vi har inga problem att få plats. Den ligger dessutom nära sjön vilket är trevligt", sa Magnus.

"Vad roligt, mina föräldrar har en stuga längst i söder av sjön, vid Hallabron."

"Toppen då känner du ju till området, väldigt vackert. Den här gården ligger längre norrut på västra stranden", sa han och tittade menande bort mot Fredrik och log.

Vad var nu detta? Varför skulle det vara så intressant att mina föräldrar hade en sommarstuga i samma område tänkte Bror. Men på samma gång intalade han sig att sluta med att fundera så mycket. Fokusera på konferensen och se inte spöken bakom varje ord och blick.

Fredrik körde på bra på den nya motorvägen hela vägen fram till avfarten vid Dalsjöfors och svängde av söderut. Strax efter Äspered svängde man in mot Sjötorp och kom sedan ner till en större gård vid sjön. Den låg avskilt med endast en granne intill. Nere vid sjön fanns en lång brygga med en eka på svaj.

"Vackert, det här kan inte vara mer än en kilometer från vår stuga nere vid Hallabron" sa Bror.

"Vi packar väl ur grejorna så går vi in och sätter på en kopp kaffe, jag behöver mitt morgonkaffe innan jag kan börja jobba", sa Fredrik.

Bror baxade in sina väskor till stora salen i gården. Det var här man skulle hålla konferensen. Salen var tillräckligt stor för att man skulle kunna rymmas utan problem. Magnus berättade att han hade en projektorduk och projektor med sig som man skulle sätta upp för de obligatoriska Powerpointbilderna.

"Sovrummen är inte i ordning än så lämna bara din väska här nere så länge. Du och Magnus kan väl gå ut och titta på omgivningarna så sätter jag på kaffe", sa Fredrik.

Huvudbyggnaden låg majestätiskt med en härlig utsikt över sjön. Runt huset var terrängen öppen åt alla håll, åkermark gjorde att man hade utsikt runt hela fastigheten. Några fruktträd och ett förrådsskjul låg på baksidan av gården. En lada låg nere till vänster ner mot vattnet och bakom den en liten skogsdunge.

Magnus berättade att man höll på att inreda övernattningsrum i ladan till sommaren. Man hade en stor vänkrets och ville säkerställa bra möjligheter att ta emot och underhålla gäster framöver.

Gården hade varit hans mormors och nu ägde Magnus och hans två syskon gården tillsammans. Det hade blivit si och så med underhållet när mormor levde men nu hade man kommit överens om några gemensamma investeringar.

De gick in i ladan och tittade på det pågående arbetet. Han berättade att man gjort en genomgripande renovering av elen både i huvudbyggnaden och ladan och visade på en installerad jordfelsbrytare som täckte in hela fastigheten som han var mäkta stolt över.

Brygga gick långt ut i sjön, det var ganska långgrunt och dyigt på botten så ville man bada på sommaren krävdes det att man kom långt ut.

När man stod där nere på bryggan kom så ytterligare en bil körande ner mot huset. Men det var ingen från Medella utan grannen. Magnus blev märkbart irriterad över deras besök märkte Bror men kommenterade det inte.

"När kommer de andra?" undrade Bror.

"De dyker nog upp strax före lunch. Så vi får ta en snabb fika och börja jobba om vi ska hinna med allt", sa Magnus och gick mot huvudbyggnaden.

Bror var minst sagt fundersam. Varken Fredrik eller Magnus hade haft med sig någon större packning och han hade inte sett till någon projektor och projektorduk som Magnus pratade om. För inte kunde han väl ha dessa här ute på gården.

Fredrik hade hällt upp tre koppar kaffe och brett tre mackor med ost på. Såg jättegott ut.

"Var har ni projektorn och duken?" undrade Bror.

"Va? jo Filip har med sig dessa", svarade Fredrik efter en väl lång tvekan.

Bror tog en stor tugga av mackan, limpa med herrgårdsost. Mer svenskt än så här kunde det inte bli. Skönt med vanligt traditionell fika som omväxling mot alla nya specialbröd på surdeg och fullkorn.

Bror tog en slurk kaffe men kände direkt att något var fel. Han tappade kaffekoppen och sjönk ihop över bordet.

46

Medella
Tisdag morgon vecka 6

Eva hade vaknat tidigt och åkt direkt ut till Medella. Hon kom fram innan man hade öppnat så hon blev sittande i bilen utanför. Hon tänkte tillbaka på kvällen innan. Fredrik hade inte gått att nå trots upprepade försök. Det var nära att hon åkt hem till honom men då Björn tidigare varit så tveksam till åtgärder och så uppenbart inte trodde att han var inblandad trots identifieringen från England vågade hon inte. Det skulle kunna bli surt för henne i relationen till Björn. Återigen hans rädsla, eller vad det nu var, för att störa så kallade betydande personer. Dessutom hade hon fått ett telefonsamtal från Hällsnäs vid niotiden. En Jonas hade berättat att konferensstället var stängt för renovering, sedan fyra veckor, och aldrig haft någon bokning från Medella. Ytterligare en pusselbit som var märklig men återigen hade hon valt att inte ringa och störa Björn, vilket hon ångrade nu på morgonen.

Strax före åtta kom så ett antal tjejer och killar och hon gick med dessa in till kontoret.

Hon frågade efter Fredrik men fick besked om att det skulle vara konferens idag. Men i samma stund kom så en av säljarna och berättade att den blivit inställd. Fredrik hade ringt runt igår och berättat att man fått något problem med bokningen och var tvungna flytta den på framtiden. Receptionisten bad Eva vänta en stund så skulle säkert Fredrik dyka upp. Han brukade komma in vid halv nio på morgonen.

Kanske var det inget skumt med konferensen ändå. Det hade kanske blivit något missförstånd vid bokningstillfället som uppenbarades alldeles för sent. Men Fredrik måste hon få tag i, han hade ju många frågor att svara på, minst sagt.

Men Fredrik dök inte upp och efter en stund kom hans sekreterare ut och berättade att hon inte visste var han var. Han svarade inte i telefon. Eva pratade med alla som varit inbokade på konferensen och alla bekräftade att Fredrik personligen ringt runt och berättad att konferensen var flyttad på framtiden. De bekräftade även att det var Hällsnäs som var bokat som konferensställe. Märkligt att det kunde blivit så fel med en bokning. Att det blivit dubbelbokat men att man bokat in ett ställe som stängt för renovering sedan flera veckor tillbaka kändes osannolikt.

När hon frågade efter Bror fick hon besked om att även han varit inbokad på konferensen men inte dykt upp nu på morgonen. Sekreteraren tyckte det var märkligt då han vanligtvis var väldigt duktig på att hålla henne informerad om han var sen in till kontoret eller var på andra uppdrag.

Eva åkte tillbaka till polishuset med en begynnande oro. Konstigt att både Fredrik och Bror uteblivit, kunde det ha ett samband. Hon kom ihåg Brors berättelser om de konstiga fakturorna. Kunde de trots allt hänga ihop med mordet på Mark. Hon måste prata med Björn på nytt, hon måste få med honom på att efterlysa Fredrik.

Det blev en lång diskussion med Björn som trots alla indicier som Eva radade upp fortfarande var tveksam till att vidta åtgärder. Men hon fick i alla fall tillstånd till att pejla in Fredrik och Brors mobiltelefoner.

Eva väntade otåligt på det beslut som krävdes för att kontakta mobiloperatören. Hon kände instinktivt att det var bråttom. Strax före tio fick hon skicka begäran till operatörerna och en dryg halvtimme senare hade hon en rapport tillbaka.

Bägge telefonerna var positionerade till en rundstrålande

mast vid Äspered, några kilometer sydost om Rångedala. Vad gör de där? undrade Eva. Det här var märkligt. Hade någon av dem en koppling till det området.

Hon ringde bägge telefonerna på nytt men fick nu besked om att de var avslagna. Ännu märkligare, varför slår man av telefonen på förmiddagen en vanlig arbetsdag. Dessutom, varför slår både Fredrik och Bror samtidigt av sina telefoner. Efter en snabb konferens gick så Björn med på att efterlysa Fredrik och Bror. Även han tyckte nu att antalet märkliga fakta motiverade detta. Man efterlyste även Fredriks bil.

Eva ringde tillbaka till Fredriks sekreterare och undrade om någon kände till om Fredrik kunde ha någon koppling till något ställe runt Äspered. Hon kände inte till något men hon lovade att höra runt på kontoret och ringa tillbaka om något dök upp.

Efter några slagningar på nätet hittade Eva Brors föräldrar och sökte dessa. På pappans arbetsplats fick hon reda på att de var på semester och hade åkt två veckor till Thailand. Kollegan var inte säker på hur man kunde nå dem. Hon hittade även ett telefonnummer till systern och lämnade ett meddelande.

Tillsammans med Björn beslutade man sig för att åka förbi hemma hos Fredrik. Björn hade ordnat fram en husrannsakan med raketfart. Även han hade gripits av känslan att det var bråttom. Väl framme vid Fredriks bostad hittade man hans bil utanför på gatan. Så efterlysningen av bilen skulle inte ge något resultat. Bror hade ingen bil konstaterade Eva och det var väl osannolikt att de skulle vara i Äspered utan biltransport. Fanns det en tredje person tillsammans med Fredrik och Bror undrade hon. Vem kunde det vara i så fall?

Genomgången av lägenheten gav inget. Det finns inget som tydde på någon koppling till Äspered eller något annat ställe eller företag i närheten. Så nu var man tillbaka på ruta ett igen. Fredrik och Bror var fortfarande borta. Att åka till Äspered och åka runt på måfå skulle inte ge något, området som mobilmasten ringat in var alldeles för stort. Då bägge mobilerna var avstängda kunde man inte få någon ny positionsinformation.

Hoppet stod till sekreteraren och Brors lillasyster.

47

Sjötorp, Äspered
Tisdag eftermiddag vecka 6

Bror vaknade till med en fadd smak i munnen. Först visste han inte var han var men sedan kom han ihåg kaffet och kände på nytt den konstiga smaken. Han konstaterade att han var bakbunden, troligtvis med ett buntband och när han tittade ner på sina fötter såg han att de var hopvirade med silvertejp. Han låg på en säng i ett mörkt rum, troligtvis på övervåningen i huset.

Han kände skräcken komma krypande. Det var minst sagt oroande att bli drogad och bakbunden. Vad var meningen med detta? Så hörde han Fredrik från nedre våningen.

"Jag säger det igen. Vi måste göra oss av med pojkspolingen. Han kommer att förstöra allt för oss om han får leva. Jag har redan ett liv på mitt samvete, ett till spelar ingen roll, då det ger mig en möjlighet att komma undan. Du är också rejält insyltat så försök inte slingra dig ur."

"Men att döda honom, ska det vara nödvändigt?" sa Magnus med påtagligt obehag i rösten.

"Vad är alternativet, nej nu får vi vänta in att din granne åker så dumpar vi honom i sjön i närheten av deras sommarstuga", sa Fredrik kallt och kyligt. "Vi får se om de också har en båt så kan vi dra ut den på sjön så ser det ut som en olyckshändelse. Det var en himla tur att vi kom ihåg att slå av mobiltelefonerna, sådana går ju att spåra."

"Men du åkte ju med Linda till London, vad händer om hon

205

berättar?"

"Hon är så förälskad så jag kan styra henne som jag vill, i värsta fall gör jag mig av med henne också."

Är jag mitt i en B-film av något slag, det här kändes helt overkligt. Bror hade ofta tänkt på hur han själv skulle reagera när han på film såg personer som hamnade i besvärliga situationer. Han hade varit helt övertygad om att han skulle bli helt paralyserad och bara ge upp. Men så kändes det inte nu. Nu gällde det att hitta en väg ut. I första läget måste han bli kvitt silvertejpen runt benen. Kunde han bara gå omkring var mycket vunnet.

Han böjde upp benen mot händerna på ryggen. Det var inte lätt men med stor möda lyckades han efter ett antal försök få tag i tejpkanten och började långsamt försöka få upp den så han skulle kunna börja ta bort den. Helt plötsligt kom han åt en ljusstake som stod på ett bord bredvid sängen och den åkte i golvet med en skarp smäll.

"Vad var det? Det kom uppifrån sovrummet, gå upp och kolla", sa Fredrik.

Bror la sig ner och låtsades sova och hoppades att man skulle tro att han slagit ner den i sömnen.

"Det var bara grabben som kom åt en ljusstake med benet, han sover tungt", sa Magnus till Brors lättnad.

"Va bra, med den dosen sömnmedel han fick borde han sova minst tre till fyra timmar till, även om han bara fick i sig en del av sömnmedlet."

Tur att jag inte svalde utan spottade ut de mesta jag fick i munnen tänkte Bror. Dessutom verkar man inte ha koll på sömnmedlet, verkan är ju nästan helt borta. Men jag har nog varit avsvimmad ett antal timmar, tänkte Bror.

Jag får vara försiktigare tänkte han och förde på nytt upp benen mot händerna som var bakbundna på ryggen. Sakta, sakta lyckades han till slut få tag i en flik av tejpen och lyckades dra av en del av den. Men så gick den av och ett antal varv satt fortfarande kvar runt vristerna.

Det var nu betydligt svårare att få tag i tejpkanten, och han fick nästan slå knut på sig för att lyckas få tag i en ny flik och sakta börja dra loss den.

"Nu verkar grannarna vara på väg härifrån", sa Fredrik nerifrån storstugan.

Nu började tiden bli kritisk och Bror kämpade mer frenetiskt med tejpen och fick till slut upp en flik som han lyckades fästa mot stålrörsgaveln på sängen. Sedan krängde han runt som en krokodil när de dödar sitt byte och lyckades få bort tejpen men samtidigt föll han av sängen med en duns.

"Nu är han på gång och stökar igen, ska jag gå upp och kolla?" sa Magnus.

"Nej du kan vänta, de verkar bära ut de sista påsarna nu så om tio minuter är grannarna på väg. Han är ju bakbunden och tejpad så vad kan han hitta på. Det är snart mörkt ute så vi får skynda oss så fort som de har åkt."

Bror reste sig upp vilket inte var lätt med händerna bundna på ryggen. Man insåg hur mycket man behövde sina händer för balans och möjlighet att ta emot sig och skjuta ifrån. Det krävdes ett antal försök innan han kom på benen. Dessutom var det inte lätt utan att orsaka oljud när han ramlade innan han kom på rätt köl. Vad skulle han nu hitta på? Nu gällde det att hitta på något i stil med pappas favoritserie MacGyver som han tittat på ett antal gånger. Men vad? I rummet fanns bara en säng, ett litet bord och en kommod med ett tvättfat och en vattenkanna under. Skåpet lyckades han öppna men där låg bara en gammal hårblås, två kuddar och en filt. Men inget som kunde hjälpa honom bli av med buntbandet.

Men hjälp av hårblåsen, kuddarna och filten skulle han nog kunna starta en eldsvåda men han var inte så sugen på idén. Risken att han själv skulle kunna komma till skada i en brand med bakbundna händer var överhängande. Dessutom skulle han kanske bara hjälpa Fredrik och Magnus på det sättet.

Ett annat alternativ skulle ju vara att försöka överrumpla killarna när de kom för att hämta honom. Men återigen kändes oddsen inte bra. Vad kunde han göra med bakbundna händer mot två vuxna män?

Fanns det något annat alternativ, han funderade så att det gjorde ont bakom pannbenet.

"Jag går ner och fixar till ekan, så kan väl du packa in i bilen så vi kan dra så fort som vi är klara", sa Fredrik till Magnus. Samtidigt som han kände att tiden höll på att rinna ut så skapade ju orden nerifrån stugan ytterligare en tidsfrist på några minuter.

Han gick tillbaka till skåpet och funderade ett varv till. Magnus hade ju berättat om jordfelsbrytaren som han var så stolt över. Han gick fram till kommoden och såg att det fanns vatten i vattenkannan.

Nu hade han en plan som kunde fungera.

I fjärran hördes sirener. Bror hoppades att det var någon mirakulös räddning på gång. Fredrik och Magnus hörde också ljudet och blev stressade. Plötsligt tystade dessa och Bror insåg att det nog tyvärr var någon annan utryckning. Fredrik och Magnus tittade lättat på varandra.

48

Polishuset
Tisdag eftermiddag vecka 6

Eva kom inte vidare. Hon ringde tillbaka till Medella och bad sekreteraren att gå runt och prata med alla på kontoret om någon kände till något som helst om Fredrik och Äsperedstrakten. Hon betonade att det var mycket viktigt och lyckades få sekreteraren att prioritera ärendet.

Hon log för sig själv när hon insåg vilka rykten som nu gick igång på företaget. Det skulle bli surt för henne om det uppdagades att Fredrik var helt oskyldig, men som läget var just nu var inaktivitet ett ännu sämre alternativ. Gick det illa så skulle hon i alla fall kunna leva med sig själv, att hon gjort allt hon kunnat. Vad som i övrigt skulle ske var en annan fråga.

Brors lillasyster hade fortfarande inte ringt tillbaka. Istället för att ringa skickade hon flera sms efter varandra med texten "Viktigt ring tillbaka" och hoppades att de skulle få systern att ringa.

Så ringde äntligen telefonen.

"Hej, det är Myri Stensson, du har sökt mig ganska intensivt. Jag har suttit i en viktig föreläsning, jag hoppas det är viktigt."

Eva förklarade situationen och var tvungen att berätta att hon misstänkte att Bror kunde vara i fara. När Eva berättade om mobilträffen vid Äspered berättade Myri om familjens sommarstuga vid Hallabron.

Eva slog upp Äspered på kartan och lokaliserade Hallabron

inte långt därifrån. Det här kunde vara något även om det kändes konstigt att Fredrik och Bror skulle ha åkt tillsammans till stugan.

"Har Bror nyckel till stugan?" undrade Eva.

"Både jag och Bror har varsin nyckel. Ska jag vara orolig?" undrade Myri med darr på rösten.

"Jag önskade att jag kunde säga nej, men tyvärr behöver vi nog vara oroliga. Däremot inget du kan göra just nu. Vi kommer att åka dit omedelbart. Jag håller dig informerad."

"Ska jag följa med?"

"Nej men kan jag träffa dig och hämta nyckeln så vore det bra?"

"Det behövs inte, det ligger en reservnyckel under trappan till uthuset" sa Myri.

Eva plockade fram sitt tjänstevapen och gick in till Jörgen och bad honom hämta sitt också och komma med. Han undrade varför och fick bara ett korthugget besked om att inte bråka utan hämta sin pistol och komma omedelbart. Björn hade man inte fått ta på.

De kvitterade ut en tjänstebil, satte på saftblandaren och körde med hög hastigheten mot Borås.

Jörgen var lite undrande till Evas tilltag och Eva fick berätta så kortfattat hon kunde samtidigt som hon manövrerade bilen med sirenen på i hög fart.

Han var inte helt bekväm med att man åkte två stycken utan backup och ringde in till ledningscentralen och meddelade vart man var på väg. En bil från Borås skulle möte upp vid Dalsjöforsmotet.

Fortfarande kändes det konstigt att Fredrik och Bror skulle vara i hans föräldrars sommarstuga, och vem var den tredje mannen? Varför hade man slagit av sina mobiltelefoner, det kändes som om man inte ville bli spårade. Risken fanns ju att man varit där och sedan fortsatt någon annanstans med telefonerna avslagna. Då skulle man inte ha en aning om var man skulle leta. Bilfärden gick i en rasande fart och vid motorvägsavfarten stod en polisbil från Borås och väntade. Man hade fått telefonkontakt med bilen som hakade på när man passerade. Man hade nu ett följe av två bilar, bägge med blåljus och sirener påslagna som i hög fart åkte söderut mot Äspered.

När man närmade sig Äspered kom man överens om att slå av sirenerna. Om personerna man sökte var i stugan ville man inte varna dessa i förväg.

Några minuter senare kom man fram till Hallabron. Eva kände igen stugan på Myris beskrivning och åkte in på gårdsplanen. Stugan var igenbommad och ingen bil syntes till.

"F-n. Men vi måste gå in och se om de varit här", sa Eva och sprang och hämtade reservnyckel som Myri berättat om. Varför hade hon och Bror en egen nyckel när den här nyckeln låg så lätt tillgänglig kan man undra. Men det var inte en viktig fråga alls, strunt i det.

Stugan var välstädad och det fanns inga spår efter att någon varit där nyligen.

Det var med andra ord en bomåkning. Eva kände Jörgens förebrående blickar och poliserna från Borås såg allt annat än glada ut.

Eva kände sig otroligt dum. Det här skulle bli en sådan där historia som blir omtalad och ihågkommen i många år framöver. Det var hon säker på och även om Jörgen var en snäll kille så skulle han inte kunna hålla tyst om detta. Speciellt inte med bilen från Borås som de tvingat med.

Men hon visste ju att Fredrik och Brors mobiler varit positionerade i Äspered. Var hade de varit om de inte hade varit här?

Boråsbilen tackade för sig och åkte iväg hemåt.

"Kan vi sätta oss nere vid bryggan och diskutera igenom det här på nytt" sa Eva och tog med sig Jörgen ner mot sjön.

Han var inte fullt insatt i allt som hänt men Eva kände att hon var tvungen att ventilera sina tankar och gick igenom allt i detalj.

När hon var klar och Jörgen fått svar på några kompletterande frågor satt de bägge tysta och tittade ut över sjön.

"Jag förstår varför du åkte med blåljuset på. Det känns som om vi är nära något", sa Jörgen.

"Tack för att du lyssnade, men vi kommer väl inte vidare just nu. Ska vi åka tillbaka?"

49

Sjötorp, Äspered
Tisdag eftermiddag vecka 6

Bror insåg att han hade bråttom. Han hörde hur Magnus stuvande in packningen i bilen. Strax skulle Fredrik vara klar med ekan och då skulle de komma och hämta honom. Det var inte lätt att arbeta med händerna bakom ryggen. Med visst besvär hade han tagit fram hårblåsen och lyckats ansluta den till väggkontakten. Vattenkannan hade han tagit fram och ställt framför sig. Han var tacksam för att rummet varit relativt mörkt, det innebar att hans ögon vant sig vid dåligt ljus vilket inte skulle vara fallet med Fredrik och Magnus. Det skulle kunna ge honom en fördel om allt fungerade som han tänkt.

Han hörde när Magnus och Fredrik kom tillbaka där nere och satte på hårblåsen och släppte ner den i vattenkannan. Precis som han hoppats löste jordfelsbrytaren ut och alla lampor i huset slocknade. Det blev becksvart. Svordomarna nerifrån salen var höga och ljudliga.

"Jag går ut till ladan och kollar säkringarna, du kan väl kolla till pojkvaskern däruppe", sa Fredrik och famlade ut i mörkret.

Bror ställde sig strax innanför sovrumsdörren och när Magnus öppnade dörren tacklade han honom hårt. Magnus tappade taget och höll på att ramla nerför trappan men tog tag i trappräcket. Bror måttade en spark mot Magnus men han kom snabbt på fötter och parerade. Magnus slängde sig över Bror som med sina bakbundna händer inte kunde göra något. Magnus satte sig gränsle över Bror och skulle slå till honom, då Bror forcerat reste på benen och lyckades välta Magnus åt sidan så han slog i kanten på en stol varefter Bror lyckades komma loss.

Bror lyckades kravla ut från rummet och sparkade igen dörren efter sig. Han hörde hur Magnus steg upp men att han hade svårt att orientera sig i mörkret. Bror lyckades baxa över en stol till dörren och mot all förmodan kila upp den så att handtaget låste sig.

Magnus var instängd till vidare men stolen skulle inte stå emot särskilt länge.

Bror skyndade nerför trappan och lyckades ta sig ut ur huset. Men vart ska han kunna komma undan. Han var dåligt klädd och det hade blivit rejält kallt ute. Han sprang runt knuten och hämtade andan.

Han hörde hur Fredrik kom tillbaka in i huset. Han hade slagit på sin mobiltelefon och använde den som lampa.

"Det gick inte koppla på strömmen igen, det måste vara något fel här i huset Magnus", skriker han irriterat.

Magnus lyckades i samma veva forcera dörren och kom ut på trappan och sprang ner till Fredrik.

"Vi måste få igång strömmen, vi hittar honom aldrig i det här mörkret. Han hade slängt ner en hårtork i en vattenkanna så jordfelsbrytare slog ut. Kopplar vi ur säkringen på övervåningen i huset kan vi slå på resten av strömmen", sa Magnus och sprang mot ladan.

Bror insåg att hans fördel av mörkret skulle vara över ganska snart. Det gick inte gömma sig runt huset. Huset låg ju helt öppet både bort mot vägen och åkrarna runt om. Trädgårdsbelysningen skulle lysa upp gårdsplanen och med bilen skulle de snabbt hinna ikapp honom, om han skulle springa vägen mot Äspered. Sämst belysning var det ner mot bryggan och där fanns också en liten skogsdunge där han kunde gömma sig så det blev åt det hållet Bror sprang iväg.

Det dröjde inte länge förrän gårdsplanen på nytt badade i ljus. Fredrik och Magnus hade fått igång strömmen och kom ut och spanade efter Bror. Fredrik satte sig i bilen och körde bort mot Äspered men kom tillbaka efter en kort stund och konstaterade att han var säker på att han inte tagit sig åt det hållet.

Magnus sa att han skulle hämta två batteristrålkastare han hade i ladan så skulle de leta rätt på honom.

Bror hade smugit sig ner i ett snår vid sidan av bryggan men han frös kraftigt och insåg att om de började söka efter honom med strålkastare skulle han inte kunna hålla sig undan. Han hoppades att man skulle dela upp sig i sökandet. En person skulle han kanske kunna överraska om han hade tur.

"Vi delar upp oss, du kan söka av bakom huvudbyggnaden så söker jag av här nere mot bryggan", sa Magnus och lämnade över en strålkastare till Fredrik.

Bror såg med tillfredsställelse att Fredrik gick iväg upp mot huset och hur Magnus sakta kom ner mot bryggan, systematiskt avsökande alla skrymslen och vrår med sin strålkastare.

Bror hade hittat ett bra gömställe som inte skulle avslöjas förrän man kom väldigt nära. Han såg också på distans hur Fredrik sökte av området runt huset och insåg att han också skulle komma ner mot sjön när han var säker på att Bror inte gömde sig där uppe. Han måste kunna överrumpla Magnus så snart som möjligt. Han hade ingen chans om de var två.

Sekunderna kröp fram, Magnus rörde sig mycket sakta ner mot hans gömställe. Han blev mer och mer orolig för att Fredrik skulle bli klar uppe vid huset och göra Magnus sällskap.

Så kom då Magnus i närheten av hans gömställe. Bror rusade fram och gav Magnus en kraftig dansk skalle varpå Magnus stupade. Varifrån har jag fått dessa slagskämpetakter ifrån. Jag har ju aldrig någonsin varit i slagsmål och att sparka någon eller skalla någon var ju fullständigt främmande, tänkte han. Men nu var det hans eget liv som gällde, en ursäkt som han tyckte var acceptabel. Han böjde sig ner och slog av strålkastaren.

Vad skulle han göra nu? Han hade femtio meter över gårdsplanen mot ladan. Där skulle inte Fredrik leta efter honom i första taget. Därinne kanske han kunde hitta ett verktyg för att göra sig fri från buntbandet. Han börjar bli rejält nedkyld i sina tunna kläder så att komma in i ladan skulle bli skönt

Han ser att Fredriks strålkastare lyste på baksidan av huset och beslutade sig för en rush ner mot ladan. Men att springa med händerna bakbundna på ryggen var inte lätt och halvvägs över gårdsplanen kom Fredrik fram bakom huset och riktade strålkastaren mot honom.

50

Äspered
Tisdag eftermiddag vecka 6

Eva och Jörgen hade precis passerat Äspered när telefonen ringde.

"Hej det är Ulrika på Medella, du var intresserad av om Fredrik har någon kontakt kring Äspered."

"Ja har ni hittat något?"

"Nej Fredrik har inte det, men jag hörde att han pratade med Magnus Ek i vår styrelse i förra veckan och han har en gård i närheten av Äspered som han håller på och renoverar, vet inte om det kan vara av intresse."

"Ja vet inte men tack ändå", sa Eva undrande.

Hade inte Bror berättat om denna Magnus Ek och att han upplevt att han och Fredrik varit förtrogna med varandra. Fredrik hade ju inte använt sin egen bil, kunde det vara Magnus som var föraren?

Eva konfererade snabbt med Jörgen som tyckte att det kunde vara intressant att följa upp. Man var ju trots allt i närheten.

Man körde in vid en parkering och ringde upp till kontoret. Kunde man hitta någon fastighet som ägdes av en Magnus Ek i närheten av Äspered.

Otåligt väntade man in sökningen av kollegorna på polishuset. Efter tio minuter återkom man och berättade att någon Magnus Ek inte stod som ägare till någon fastighet men att det fanns en Matilda Ek och en Johanna Ek som ägde

217

fastigheter i närheten. Jörgen och Eva var överens om att söka upp dessa och göra en kontroll när man ändå var så nära.

Först ut blev Matilda Eks fastighet som låg i Slättholmen väster om Äspered. Det var inte helt lätt att hitta men efter några felkörningar och frågor kom man fram till en tillbommad fastighet. Inte tillstymmelse till vare sig bilar eller människor. Fastigheten verkade mer eller mindre övergiven.

"Det börjar bli rejält sent, ska vi chansa på nästa också?" sa Jörgen.

"Ja det tycker jag, visserligen långsökt men det kostar inte mer än femton minuter extra, eller hur?"

Tillbaka ner mot Äspered och en bit före Hallabron svängde man sedan in mot Sjötorp.

51

Sjötorp, Äspered
Tisdag eftermiddag vecka 6

Strålkastaren lyste rakt mot honom och Fredrik kom gående med lugna steg med en käpp i handen.

"Magnus var är du, jag har hittat honom?" ropade Fredrik men Magnus svarade inte, han var utslagen. Bror hade ju hunnit en bit över gårdsplanen så Fredrik såg inte var Magnus låg.

Bror insåg att han måste överraska Fredrik på något sätt men hur överraskade man någon som kom gående med fokuserad blick och en käpp i handen.

När Fredrik kom fram sprang Bror mot honom men Fredrik bara steg åt sidan och klippte till Bror med käppen så han stupade i gruset.

Fredrik tog tag i Brors fötter och släpade honom ner mot bryggan. Men händerna på ryggen finns det inget som Bror kunde göra. Han var tung och otymplig att släpa på med Fredrik verkade drivas av ett raseri som gav honom oanade krafter. Han släpade honom vidare över bryggan ut mot ekan.

Väl framme vid ekan lämnade han Bror och böjde sig ner efter en åra. Bror såg sin chans och lyckades sparka till Fredrik så han ramlade i vattnet. Men han hann ta tag i Bror och drog med honom ner också. Trampa vatten hade Bror alltid varit duktig på men hur skulle han klara detta med bakbundna händer och vad skulle Fredrik komma att göra.

Fredrik simmade in mot bryggan och tog sig upp, lyfte åran

och slog efter Bror. Vid första försöket lyckades Bror vika sig undan men sedan tryckte Fredrik ner Bror under vattnet med åran. Han lyckades komma upp och drog hastigt efter luft när han på nytt blev nedtryck under vattnet. Han lyckades med ytterligare en sådan manöver och sedan svartnade allt.

Bror vaknade upp på en bår bredvid en ambulans på gårdsplanen. Ambulanstjejen såg att han vaknade till och vinkade till sig poliserna.

"Du har haft tur. Vore det inte för poliserna som kommer här hade du inte överlevt berättar hon. Du är rejält nedkyld och måste snarast till sjukhus."

"Kan jag få växla några ord med Eva?" bad han när han såg henne och en kollega komma gående mot ambulansen.

Motvilligt lät man Eva komma fram.

Hon berättade att Fredrik och Magnus satt häktade. Eva och Jörgen hade kommit in på gården och noterat något bråk ute på bryggan. Man tog Fredrik på bar gärning med åran i hand. Man hade lyft upp Bror och lyckats hålla honom vid liv med hjärt- och lungräddning i väntan på ambulansen.

Man hade även hittat Magnus och tagit med honom i polisbilen.

"Jag hälsar på dig på sjukhuset lite senare", sa Eva och log.

52

Polishuset
Tre veckor senare

Utredningen och förhören med Fredrik och Magnus var nu klara och ärendet överlämnat till åklagare. Det hade varit en komplicerad historia att nysta upp men nu fanns alla fakta på bordet. Eva kände att Bror förtjänade att få hela historien återberättad då han varit en sådan aktiv del av den. Så idag skulle han få alla lösa trådar klarlagda.

Bror hade varit rejält nedkyld när han åkte ambulans in till Borås sjukhus. Han hade fått en dubbelsidig lunginflammation och legat på intensiven i flera dygn. Därefter hade han transporterats till Östra sjukhuset och legat kvar i ytterligare två veckor. Eva hade varit förbi, ställt några kompletterande frågor, önskat honom bättring men inte berättat något mer. Via tidningarna hade han dock förstått att Fredrik Hylle och Magnus Ek var häktade för mord och mordförsök. Han hade fått en kallelse till polishuset samma dag som han skrevs ut från sjukhuset.

Eva mötte honom nere i entrén och bad honom komma med upp på avdelningen. Där möttes han av både Björn och Jörgen som tackade honom för hans insats i utredningen.

”Du är inte här på förhör utan vi har fått fram alla fakta via

221

förhör med Fredrik och Magnus, men vi trodde du skulle vilja veta vad vi kommit fram till, orkar du det? frågade Eva.

Eva berättade att Bror haft rätt, det var de mystiska fakturorna som var roten till allt som hänt. Men orsaken till fakturorna fanns i hans vidlyftiga kvinnoaffärer.

Mark hade satt sig i en knepig ekonomisk situation, då han hade två familjer, en i England och en i Sverige. Dessutom lurade han ju både sin familj hemma i Sverige och företaget med sina falska resor till Norge och Danmark. Man får faktiskt erkänna att han varit duktig på att dölja resorna med sina vykort och avstängda mobiltelefoner. När hans dotter i England behövde specialvård så blev ekonomin ännu mera ansträngd. Han började då skicka bluffakturor från Armintag till Medella.

Dock upptäckte Fredrik och Magnus vad han höll på med. Istället för att ställa Mark till svars för bluffakturorna ställde man krav på att få vara med och dela på pengarna en tredjedel var. Fredrik hade spelskulder och Magnus var nästan bankrutt efter ett antal dåliga affärer.

"Det förklarar ju varför man betalade ut de två första fakturorna bara till ett konto men sedan började fördela de mot tre konton", sa Bror.

Peter Harrow upptäckte de märkliga fakturorna och krävde att Mark skulle reda upp det, det var ju kompisar sedan gammalt. Det slutade med att Fredrik och Mark gav Peter sparken.

Men Mark hade ju tappat två tredjedelar av sina intäkter från Armintag så han behövde hitta ytterligare en inkomstkälla. Genom att flytta kontoret till norra London kunde han dubblera som Brian utan att någon i England kunde upptäcka det. Det hade aldrig varit möjligt om han haft kvar kontoret i Horsham. Att avskeda Peter var Fredrik och Mark överens om men att flytta kontoret hade Mark drivit helt själv, enligt Fredrik.

Han fakturerade kontoret från sitt nya bluffbolag Brontel och såg till att han både kontrollsignerade och attesterade fakturorna.

Styrelsen insåg att något var på tok i det engelska företaget och krävde att Fredrik skulle ta tag i det. Han var inte medveten om Brontel men kände till Armintagfakturorna och beordrade Mark att sluta skicka dessa. Trots det skickade Mark ytterligare en faktura från Armintag och Fredrik beslutade sig för att åka ner till London och träffa Brian. Han var rädd att Mark och Brian hade pratat ihop sig och beslutat sig för att fortsätta med Armintagbluffen. Han passade på att åka ner till kontoret när Mark var i Norge. Av det skälet bad han också Linda hålla tyst om resan. Han var rädd att hon annars skulle berätta för sin pappa, och Fredrik ville skapa en egen relation till Brian som Mark inte kände till. När han kom ner insåg han att Mark dubbelspelat som Mark och Brian. De insåg att de inte kunde prata ut på kontorshotellet som var ganska lyhört och åkte iväg till industriområdet som Mark kände till via Caitlins bror. Fredrik tappade humöret och Mark blev ihjälslagen i det bråk som följde.

Både Fredrik och Magnus hade snuvat Medella på stora pengar via bluffakturorna och Fredrik var tvungen att se till att detta inte kom fram. Han hade hoppats att Brors bristande erfarenhet skulle göra det svårt för honom att upptäcka det som hänt och att han fortfarande kunde behålla förtroendet hos styrelsen genom att skicka honom till London.

När Bror sedan inte slutade undersöka fakturorna blir även han en fara och Fredrik beslutad sig för att röja undan Bror.

"Så alla Marks kvinnohistorier hade inget med saken att göra?" frågade Bror.

"Nej, bara indirekt. Personligen tycker jag dock att hans fifflande där hade motiverat någon form av hämnd. Jag skulle aldrig ha accepterat ett sådant beteende", sa Eva med eftertryck.

"Fredrik och Magnus kommer att ställas inför rätta. Jag har lämnat över allt till åklagaren. Det innebär att utredningen nu är avslutad", sa hon. På något sätt upplevde Bror att det fanns en form av uppmaning i det sätt hon sa det.

Nu var man där igen, hon sa en sak men menade något annat, varför kan tjejer aldrig tala klarspråk? Jag fattar ingenting, tänkte Bror.

"Jo, jag sa att nu är utredningen stängd", sa Eva igen med ett ännu bredare leende.

Då föll polletten ner och Bror blev alldeles varm inombords.

"Nu när utredningen är stängd så kanske man får bjuda inspektören på middag", sa så Bror.

"Vilken överraskning, det vill jag mycket gärna", sa hon med det vackraste leende Bror någonsin sett.